青少年成长智慧丛书

自信

ZIXIN

主编◎曾高潮　绘画◎万方绘画工作室

天地出版社

图书在版编目（CIP）数据

自信／曾高潮主编. —成都：天地出版社，2012.1（2015.4重印）
ISBN 978-7-5455-0539-9
（青少年成长智慧丛书）
Ⅰ．①自… Ⅱ．①曾… Ⅲ．①儿童故事—作品集—世
界 Ⅳ．①I18

中国版本图书馆CIP数据核字（2011）第218381号

自信
ZIXIN
主编 曾高潮

天 地 无 极 世 界 有 我

出 品 人	罗文琦
策 划	吴 鸿
责任编辑	陆 翌
封面设计	墨创文化
制 作	最近文化
责任印制	田东洋

出版发行	天地出版社
	（成都市三洞桥路12号　邮政编码：610031）
网 址	http://www.tiandiph.com
	http://www.天地出版社.com
电子邮箱	tiandicbs@vip.163.com

印 刷	北京旺鹏印刷有限公司
版 次	2012年1月第一版
印 次	2015年4月第七次印刷
成品尺寸	165mm×238mm　1/16
印 张	8
字 数	100千
定 价	22.00元
书 号	ISBN 978-7-5455-0539-9

读者档案

签 名 _____

星 座 _____

血 型 _____

生 肖 _____

个 性 _____

我 的 一 家 _____

自 我 评 价 _____

_____

_____

前言

　　"新松恨不高千尺"。古往今来，人们对"成长"总是充满激情，满怀期待。所谓"十年树木，百年树人"，人才的培养和造就，关乎民族与国家的未来，实乃一项需要学校、家庭和全社会通力合作的伟大系统工程。

　　进入21世纪，在全国范围内全面实施素质教育，是党和政府对我国教育事业发展高度重视、倾力投入所采取的重大战略举措，体现了当今教育改革与现代社会发展协调适应的必然大趋势。

　　与应试教育围绕考试指挥棒转，"师授生受"，囿于知识灌输迥异，素质教育以人为本，尊重个性，面向全体，将全面提高人的基本素质作为教育的终极目的。其崭新教育理念、多元学习实践手段和评价检验方式，如尊重人的主体精神、重视潜能开发、强调文化的传承与创新、注重环境熏陶、着眼于"润物细无声"的人文思想化育与品德养成等，无疑为新时代少年儿童的健康成长，拓展出一片前所未有的、无比广阔的自由驰骋新天地。

据此，我们特地推出《青少年成长智慧丛书》。

丛书用十个关键词（诚信、自信、创新、道德、协作、细节、独立、责任、节俭、执著）分别概括当代少年儿童应该具备的十种素质，一词一书。每本书精选五十多篇小故事，每个故事后设计有"换位思考"与"成长感悟"小栏目，用以充分调动孩子们思考问题的积极性，给孩子们以无限启迪。书中故事娓娓道来，插图生动有趣，可让孩子们在快乐的阅读中收获知识。

愿我们精心选编的故事如和煦春风、淅沥春雨，催生出已然萌动于孩子们心中的美丽新芽……

第三辑：幸运在路上

第一辑： 废墟上的花朵

　　即使一点新绿，哪怕一片嫩叶，还有那点悄悄的雨滴，都是春的酝酿，正是这么多美丽的星星点点，才组合出春天的靓丽风景。我们的美丽人生，也是由许多零星的美——健康、向上、自爱、自立、自信、自强……组合而成！只要相信自己，人生可以创造辉煌！

➡ **GO**

废墟上的花朵

　　这是一颗花的种子。它本来生长在遥远的海岸，被一个小男孩带回了家，后来小男孩又随着父母迁往异地，它也跟着漂洋过海来到一个陌生的国度。小男孩把它撒在庭院里，它发了芽，没过多久，开出了几朵又大又美的花。小男孩天天看啊看啊，他想：这些花会有什么样的命运呢？可是就在这些花又结出种子的时候，这个地方遭遇了一场战争。当炮火摧毁整栋楼房的时候，这些可爱的种子也被无情地埋在了废墟底下。

　　时间过去了很久，废墟上光秃秃的，断壁残垣似乎在永远地诉说着战争的伤痛。人们以为，春天永远离开了这里。

　　有一天，一群自然科学家来到了这里，其中有一位便是当年在这里住过的小男孩，他现在已是一位植物学家。他欣喜地发现，这一片当年了无生息的废墟，因为接触了春天的阳光雨露，竟长成了一片野花、野草。其中有一株植物的花又大又美,那是一种只有在遥远的海边才有的花啊!

这位植物学家看到这美丽的花朵,感慨万千。没有人知道它们的种子在这里被掩埋了多久,在黑暗中历经了多少磨难。很多人都以为,它们会随着深深土层的覆盖而永远地消失。但令人感到意外的是,一旦这些种子见到了阳光,便立刻恢复了勃勃生机,绽开出一朵朵美丽的鲜花。在战争的废墟上,它们展示了一个生命的奇迹。

植物学家久久地凝望着这些花儿,他终于知道这些花儿的种子有着怎样坚忍的性格了。

换位思考:

人的生命不也是如此吗? 当你像那些花种子一样,被长时间深埋地下的时候,你是怨天尤人、选择放弃,还是耐心地等待着总有一天会破土而出会沐浴到春天的阳光雨露呢?

成长感悟:

这些废墟中的种子经过长久的掩埋,迟迟没有机会生长发芽,这都是因为之前没有适宜它们生长的水分、阳光和空气。人的一生中也会遇到这样不如意的环境,但改变困境的机会却总是会到来的,就看你对自己有没有信心了。

毛遂自荐

　　战国时期，赵国的军队在长平一带大败给了秦国的军队。秦军的将领白起，乘势领兵追击，包围了赵国的都城邯郸。

　　赵国形势危机，平原君赵胜奉命去楚国请求救援。临行前，平原君还差一人随行。这时有一个叫毛遂的门客，上前对平原君说："我想随先生一起去楚国。"平原君打量了毛遂一番，问道："你来我门下几年了？"毛遂回答说："已经有三年了。"平原君听完，说："你既已在我门下三年了，可我却从未听别人说起过你，这是为什么呢？我想，你不适合跟我一起去楚国。"毛遂听了并没有放弃，他说："之前不过是我没有在大家面前展露我的才能罢了，并不能说明我没有才能。如果你肯给我这个机会，我定能让你刮目相看。"赵胜见毛遂如此自信，就答应让他一起去楚国。

到了楚国，楚王接见了平原君，其他门客在殿外等候。一上午过去了，还是没有一点消息。毛遂突然跑到殿内，大声吼道："派兵打仗的事，不是输就是赢，简单又清楚，为什么大王还迟迟作不了决定？"楚王一听，十分生气，大声喝道："快出去！我正在和你的主人说话，你来插什么嘴！"毛遂不但没有离开，反而上前，用手按住宝剑继续说："现在，我十步之内就能杀死你，你的命在我的手里。"楚王见状，只好默不作声，随后毛遂把出兵援赵、有利楚国的道理分析得头头是道。毛遂讲的这番话言之有理，楚王立即答应出兵援助赵国。

没过几天，楚、魏等国一起出兵援助赵国，逼退了秦军。平原君回到赵国后，对毛遂刮目相看，待他如同上宾一般。

换位思考：

毛遂向平原君自荐，他一定知道自己有可能失败，但他鼓足勇气去了。生活中，我们也会遇到许多机遇，但会像毛遂一样敢于自荐吗？

成长感悟：

有自信的人，往往比其他人更容易把握住机遇。正是毛遂的自信，使得他自荐成功。

杰克的零点二五美金

　　杰克是一个非常懂事的孩子,他出生在一个工人家庭,一家人的生活开支全部都靠父亲的工资收入。在他十五岁的时候,因为父亲失业,一家人的生活陷入困境,他不能上学了。杰克伤心极了,离开了他深爱的学校和同学,他深感孤独。日子还得过下去啊,失学的杰克打算出去工作补贴家用。可是他没有工作经验,又没有学历,因此在求职路上四处碰壁,迟迟没能找到工作。

　　怎么办呢? 杰克有一天无意中看到一份报纸,报纸上刊登了许多广告,灵感一闪而过:我何不为自己登一个广告呢? 这时候的他身无分文,于是向哥哥借了零点二五美金,在报纸上刊登了一行小字广告:"做事认真、勤奋苦干的少年一定会给您的企业带来意想不到的惊喜。还等什么呢? 赶快联系我吧。"

　　杰克只是抱着试试看的心理,没想到过了没多久,他就被著名的达韦尔公司雇用了。在达韦尔公司,他成为一名服务生,薪金很少,但工作却很繁杂、紧张。这可是他的第一份工作啊,是多么地来之不易! 杰克很珍惜,所以无论在什么时候,他总是挂着一脸微笑,尽力地做好每一件事情，他的真诚打动了所有的人，包括同事和客人。

董事长当时只是出于对这份广告的好奇才录用了这个小伙子，可没想到，正如广告上所说的那样，他"做事认真，勤奋苦干"，品行也十分优秀。董事长开始思考：这将会是一个大有作为的人，我希望他将来能成为我生意上的伙伴。于是，在这位董事长的资助下，杰克终于有了一家属于自己的制铁厂。杰克并没有忘记自己的诺言，他依然认真而勤奋地工作着。年复一年的努力，终于使得他跻身于百万富翁的行列。

世界著名的钢铁大王卡耐基曾经和杰克有过相当多的合作，后来卡耐基在自传里忍不住称赞他说："杰克就是这样自信地、积极地创造机会，开拓了自己的前程。"

换位思考：

机会，寻可得，坐可失。我们要想得到它，必须积极地寻找，敏锐地看准机会，果断地抓住机会。想一想，你曾经抓住过什么样的机会，又在不经意中失去过怎样的机会？

成长感悟：

机会偏爱有心人，但它只留意那些有准备的人，只垂青那些懂得追求它的人，只喜欢有理想、有自信的实干家。倘若饱食终日，无所用心，或一处逆境就悲观失望、灰心丧气，机会也就会与你擦肩而过。

三只小燕子

日上花梢，莺穿柳带，正是一年春意盎然时。

屋檐下有个燕子窝，燕子妈妈正准备出去觅食，仔细叮咛它的三个孩子要注意安全。

一会儿，燕子妈妈出去了。妈妈一走，小燕子们就不安分了，它们扑棱着刚学飞的翅膀飞出了燕子窝。

还没飞一会儿呢，三只小燕子就都掉下来了。不巧的是，下面有个水缸，三只小燕子就掉进了水缸里。不一会儿工夫，三只小燕子全身都湿透了，身子也变得沉甸甸的。

第一只小燕子说："难怪早上眼皮就在跳，好端端的掉进水缸里，我的命好苦啊！"然后它就漂在水面上一动不动，等待着死亡的降临。

第二只小燕子试着挣扎了几下，感到一切都是徒劳，绝望地说："今天死定了，我还不如死个痛快，长痛不如短痛。"于是，它一头扎进水缸深处，淹死了。

第三只小燕子什么也没说，只是努力地扑打着翅膀。

第一只小燕子说："算了吧，没用的，这么深的水缸，再怎么也飞不出去啊。"

"也许我还可以用更好的自救方法呢！"第三只小燕子说。

小燕子一次失败，两次失败……时间一分钟一分钟地过去了，小燕子几乎想放弃了,但是一种本能的求生欲望支持着它一次又一次地打起精神。它想到妈妈平时教给它的各种方法,一一试来。

忽然,奇迹出现了!它快要精疲力竭时猛地一跃飞出了水缸!"快,用妈妈教的办法!"它冲着那只等死的小燕子喊叫。等死的那只小燕子看到这一切,也用同样的方法奋力飞了出来。它们齐声呼唤另一个兄弟,那一只小燕子永远也没能飞出来。

换位思考:

当压力和危机同时来临,你是否已经慌了手脚,不知所措了呢?或许你会和第一只燕子一样,什么也不做;或许你会像第二只燕子那样,挣扎之后,因为没有自信而绝望;只有第三只燕子最先脱离了险境,它靠的是什么呢?

成长感悟:

当你如小燕子般身陷生存困境时,一定要做第三只燕子,因为奇迹只会眷顾那些自信并不懈努力的人。

伟大来自平凡

兰花历来被文人墨客们深爱，因它出尘脱俗，清雅飘逸。可是你知道吗？相传在很久很久以前，兰花长得和许多普通的花草一样，而且，因为兰花生长的地方一般都是人迹罕至的深谷，自然就更不为人所知了。

最初，兰花和周围的植物生长得没什么分别：一样普通的叶，一样普通的花。可是它想：我不能总这么甘于平凡吧？我可不想当一株野草！怎么才能证明我的不同呢？兰花想：要是我能拥有别的花所没有的香味和气韵就好了。

既然给自己定下了一个目标，兰花所能做的便是朝这个目标努力了。它充分地吸收水分和阳光，深深地扎根，直直地挺着胸膛。终于在一个春天的清晨，兰花的顶部结出了第一个花苞。

兰花的心里很高兴，附近的杂草却很不屑，它们嘲笑着兰花："你不要做梦了，即使你真的会开花，在这荒郊野外，你的价值还不是跟我们一样？"

偶尔也有飞过的蜂蝶鸟雀，它们也会劝兰花不用那么努力："在这深谷里，纵然开出世界上最美的花，也不会有人来欣赏呀！"

兰花依然在不断地努力，它仿佛就没有听到别人在说什么。它要让自己具有别的花所没有的香，那是一种梦中的呼唤，它感觉自己正一步一步朝它走近。

　　一年又一年的花期，它一次又一次地完善，那清幽的香气和秀挺的风姿，成为深谷中最美丽的风景。这时候，野草与蜂蝶再也不敢嘲笑它了。

　　兰花仍然不时提醒自己："我是一株幽兰，不是一棵野草。"它就这样不懈地追求着，它的芬芳飘满了整个山坡。

换位思考：

　　俗话说"近朱者赤，近墨者黑"。倘若你是身处幽谷的兰花，你会努力绽放出美丽的花朵，证明自己不是野草吗？

成长感悟：

　　不管做什么事，都要充满自信，等能力增强、时机成熟时自然会得到丰收，从而改变我们的命运。所以，在日常生活和工作中，我们要从现在做起，从一点一滴做起，把我们的工作做好。

快乐的小麻雀

　　森林里住着一只活泼可爱的小麻雀，它有很多很多的朋友。在它的朋友当中，它最喜欢的是孔雀姐姐、老鹰哥哥，还有就是百灵鸟妹妹了。它们一个是那么的美丽，一个是那么的雄健，还有一个又是那么的会唱歌。"我要是也像它们一样该有多好啊！"小麻雀经常暗自感叹，也经常为此深感自卑。

　　一天，小麻雀在草地上和孔雀姐姐做游戏。它们玩得很开心，孔雀姐姐跳起动人的舞蹈，引得彩云为之静止，山风为之喝彩。可谁知就在这时，一只恶狼悄悄地从后面树林中蹿出，凶猛地向它们扑来。孔雀努力地振翅想逃，可是它已经不能飞翔了，长长的尾巴这时候变成了一个大大的累赘。亏得小麻雀急中生智，衔来石头击中了恶狼的眼睛，把恶狼给赶走了。

　　又有一天，小麻雀飞到一座高山上。它看到老鹰哥哥飞得好高好高，又很威风，自己跟老鹰哥哥比起来真是太渺小了。一会儿小麻雀的朋友们来找小麻雀玩，它们"唧唧喳喳"地在树枝间飞来飞去，再抬头看天上的老鹰哥哥——它是那么孤独，虽然统治了这一片天空，可是你看，方圆几百里地，再也看不到第二只了。小麻雀忽然可怜起老鹰哥哥来，没有朋友的日子一定不好过吧？

这天，百灵鸟在练嗓子，悠扬的歌声随风飘荡。小麻雀也很想和它一样，可以自由歌唱，可是它跟在百灵鸟后面唱出的歌声又难听又刺耳。百灵鸟唱一会儿就不唱了，她需要休息，它得保护好它的嗓子。小麻雀觉得，心中的快乐不能随时表达是一件多么令人不愉快的事啊！它又唱起了它自编的歌谣，虽然不悦耳，但歌声里的好心情是谁都听得出来的。

小麻雀再也不羡慕别人了，让自己保持一份好心情，愉快地过好每一天，它想起妈妈时常念叨的一句话"寸有所长，尺有所短"，不由得偷偷地笑了。

换位思考：

看重自己，你就会发现其实自己并非一无是处，葆有自己的特性，做个充满自信的人，你将会是一个独一无二的你！

成长感悟：

我们总是过于挑剔地看待自己，过于注意自己的缺点，过于自卑，事事敏感，喜欢将各种问题归结于自己这些所谓的缺点。可是你知道吗？人只有先喜欢自己，才会被别人喜欢。

一毫米的自信

　　他是杂技团的台柱子，凭借其惊险、精湛的高空走钢丝技艺而声名远扬。

　　在离地五米的钢丝上，他手持一根中间黑色、两端蓝白相间的长木杆保持身体的平衡，赤脚稳稳当当地走过十米长的钢丝。他技艺高超，身手灵活，还能从容地在钢丝上做出一些腾跃翻转的动作。多年来，他表演过无数次，从未有过丝毫闪失。

　　杂技团在去外地演出回来的路上，装道具的卡车翻进了山沟，折断了他那根保持平衡用的长木杆。团里非常重视，不惜高价找来了粗细相同、长短一致、重量也一样的木杆。直到他觉得得心应手时，团长才请油漆匠给木杆刷上与以前那根木杆相同的颜色。

　　又是一次新的演出。在观众的阵阵掌声中，他微笑着赤脚踏上钢丝。助手递给他那根长木杆。他从左端开始默数，数到第十个蓝块，左手握住。又从右端默数到第十个蓝块，右手握紧，这是他最适宜的手握距离。然而今天，他感到两手间的距离比以往短了一些。他心里猛地一惊，难道是有人将木杆截短了？

不可能啊！他小心翼翼地把两手分别向左右移动，一直到适宜的距离才停住。他看了看，两手都偏离了蓝块的中间位置。他一下子对木杆产生了怀疑，给表演蒙上了阴影。

这时，观众席上又一次爆发出雷鸣般的掌声，已经不容得他多想。他握紧木杆，提了一口气，向钢丝的中间走去。走了几步，他第一次没了自信，手心有汗沁出。终于，在钢丝中段做腾跃动作时，一个不留神，他从空中摔了下来，折断了踝骨。

事后检查，那根木杆的长度并没变，只是粗心的油漆匠将蓝白色块都涂长了一毫米。

换位思考：

为什么区区一毫米居然影响到了杂技演员的成败呢？

成长感悟：

很多时候，我们的自信都是受习惯思维的影响。木杆的长度没有变，但自信的距离改变了。就是这一毫米长度的变化，影响了杂技演员的成败。

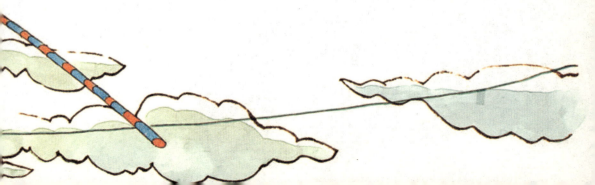

自由落体运动定律

　　1590年，二十五岁的伽利略对亚里士多德的一个经典理论提出了质疑。亚里士多德说，如果把两件物体从空中扔下，必定是重的先落地，轻的后落地。伽利略却认为是同时落地，他还决定搞一次实验，让人们亲自看看。

　　比萨城里有一座斜塔，伽利略宣布他要到斜塔上进行一次实验。实验当天，塔下人头攒动，比萨大学的校长、教授、学生，还有许多看热闹的市民，没有一个人相信伽利略是对的。只见伽利略左右双手各拿一个大小不等的铁球，当他两手同时松开时，只见这两只球从空中落下，齐头并进，眨眼之间，"咣当"一声，同时重重地落到地上。

　　塔下的人一下子都懵了，接着便"嗡嗡"地嚷作一团。最后，校长站了出来，故作镇静地说："亚里士多德全是靠道理服人的，重东西当然比轻东西落得快，这是公认的道理。就算你的实验是真的，但它不符合道理，也是不能被承认的。"

　　"好吧，既然你们不相信事实，那我们就来讲讲道理。就算大铁球下落比小铁球快吧，我现在

把这两个球绑在一起扔下，按亚里士多德的道理，你们说，它落下时比大铁球快还是比大铁球慢？"伽利略反问道。

校长说："当然比大铁球要快！因为两球加在一起，自然更重了。"

一个老教授忙将校长的衣袖扯了一下，挤上前来说："当然比重球要慢。它是重球加轻球，轻球拉着它，所以下落速度要慢。"

伽利略这时才不慌不忙地说道："可世上只有一个亚里士多德啊！按他的理论，怎么会得出两个不同的结果呢？"校长和教授们都面面相觑。

换位思考：

如果伽利略没有充分的自信，打破人们思维的常规，会有物理学上这条极为重要的自由落体运动定律吗？想一想，伽利略的自信源于什么呢？

成长感悟：

尽管有亚里士多德的金科玉律，尽管有罗马宗教裁判所刚刚将布鲁诺烧死在鲜花广场的震慑，但伽利略不为所阻，坚持自己的观点，用科学的实验方法，以铁的事实为依据，坚定自己的信心，发现了自由落体运动定律。

回答一个简单的问题

几年前的一天,一位重要人士要到南卡罗来纳州一个学院给全体学生发表演讲,整个学院礼堂都坐满了兴致勃勃的学生,大家对有机会聆听这位大人物的演讲兴奋不已。

在州长作了简单介绍之后,演讲者走到麦克风前,面对着听众,她由左向右扫视一遍,然后开口道:"我的生母是聋子,因此没有办法说话,我不知道自己的父亲是谁,也不知道他是否还活着。我这辈子找到的第一份工作,是在棉花田里锄地。"

台下的观众全都愣住了。"如果情况不尽如人意,我们总可以想办法加以改变。"她继续说,"一个人的未来怎样,不是因为运气,不是因为环境,也不是因为生下来的状况,"她轻轻地重复说过的话,"如果情况不尽如人意,我们总可以想办法加以改变。"

"一个人若想改变眼前充满不幸或无法尽如人意的情况,"她以坚定的语气往下说,"只要回答这个简单的问题:'我希望情况变成什么样?'然后全身心投入,采取行动,朝理想的目标前进即可。"

接着她的脸上绽放出美丽的笑容："我的名字叫阿济·泰勒·摩尔顿，今天我以美国财政部长的身份，站在这里，我相信大家能比我做得更好!"

换位思考：

面对逆境的人却能成功，其原因正在于其心态。我们把自己想象成什么样，往往就真的会成为什么样的人。

成长感悟：

正是积极的心态激励和改变了深陷逆境的阿济·泰勒·摩尔顿。可见，自信是她走向成功、实现自己人生目标的关键。

扶树与扶人

汉森是个生意人,有一次他做一笔大生意,由于市场不景气加上决策问题,他投资失败,亏了一大笔钱。

仅管这样,汉森仍然想维持原有的排场,唯恐别人看出他生意场上的失意。

举办宴会时,汉森租用豪华的私家车去接宾客,并请表妹扮作女佣以显示气派。各式美味佳肴一道道地端上,他以严厉的眼神制止自己久已不知肉味的孩子们抢菜。虽然前一瓶酒尚未喝完,他已豪气地"砰"的一声打开柜中最后一瓶XO。但是当那些心里有数的客人酒足饭饱、告辞离去时,每一个人都热烈地致谢,并露出同情的眼光,却没有一个人主动提出帮助。

汉森彻底失望了,他百思不得其解,一个人沮丧地徘徊在街头。突然,他看见许多工人在扶正那被台风吹倒的行道树。只见工人们总是先把树的枝叶锯去,使得重量减

轻,再将行道树扶正。

汉森突然醒悟了,他放弃旧有的排场,改变死要面子的毛病,重新从小本生意做起,并以低姿态去拜望以前商界的老友。当老朋友知道他在做小生意时,都尽量给予汉森帮助,购买他的东西,并推介给其他的公司。

没过几年,汉森重新在商场上站立了起来,而他始终记得锯树工人的一句话:"倒了的树,如果想维持原有的枝叶,怎么可能扶得动?"

换位思考:

扶人与扶树是一样的道理,人失败了还要讲求旧有的排场必然力不从心。

成长感悟:

"真的猛士应该敢于直面惨淡的人生",正视自己的现状并寻找解决问题的办法,才可能重新崛起。如果用虚荣的外表来遮掩,那满负的重荷就会让自己永远站不起来。

盲人的宝贝

他年近而立，正值人生巅峰时却被查出患了白血病，无边无际的绝望一下子笼罩住了他。在某个夜晚，他差一点结束了自己的生命。

一个深秋的午后，他从医院逃了出来，一个人在街上游荡。忽然，一阵略带嘶哑又异常豪迈的歌声吸引了他：天桥下，一位双目失明的男人正手拉一把破旧的二胡，向着寥落的行人动情地自弹自唱。尤其引人注目的是，盲人座位旁边的地方竟放着一面镜子！

"镜子是你的吗？"趁盲人一曲唱罢歇息时，他不解地问。

"当然喽，自我离家那天起我就一直把它带在身边。知道吗？我有两样宝，一件是二胡，另一件就是这面镜子。"

"可这面镜子对你毫无意义呀？"他迫不及待地问。

盲人正色说："我希望有一天出现奇迹，能用这面镜子看见自己的脸，因此我一直带着它。"

他的心一下子被震撼了：

"一个盲人尚且如此热爱生活,而我……"他突然彻悟了,也终于找到了自己的生存方式。

尽管每次化疗,都会给他带来极大的痛楚,但从那以后他再没有逃避过。病情稳定时,他继续笔耕不辍地写歌,在有限的生命里完成自己未竟的梦想。他意味深长地对朋友说:"自从与盲

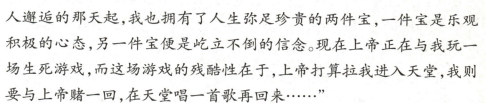

人邂逅的那天起,我也拥有了人生弥足珍贵的两件宝,一件宝是乐观积极的心态,另一件宝便是屹立不倒的信念。现在上帝正在与我玩一场生死游戏,而这场游戏的残酷性在于,上帝打算拉我进入天堂,我则要与上帝赌一回,在天堂唱一首歌再回来……"

换位思考:

盲人照镜子,在我们看来是一件多么好笑的事呀。可是在这面镜子里,我们却看到这个盲人明亮的心。你的眼睛是明亮的,但是你的心也似盲人这么亮堂吗?

成长感悟:

人的一生会面对很多坎坷与曲折,在坎坷的逆境中,首先可能被击垮的不是人的身体,而是人的意志。只有相信自己,你才会在逆境中前进。

一个巴掌也能拍响

　　她非常悲观和忧郁,因为小儿麻痹症,她从小就与众不同,她不能像其他孩子那样欢快地跳跃奔跑。当医生叫她做一点运动,说这对她恢复健康有益时,她就像没有听到一般。她的忧郁和自卑感随着年龄的增长越来越重,她拒绝所有人靠近她。不过有个例外,邻居家那个只有一只胳膊的老人却成了她的好伙伴。老人非常乐观,她非常喜欢听老人讲故事。

　　这天,她被老人用轮椅推着去附近一所幼儿园,操场上孩子们动听的歌声吸引了他们。当一首歌唱完,老人说:"我们为他们鼓掌吧!"她吃惊地看着老人,问道:"你只有一只胳膊,怎么鼓掌啊?"老人对她笑了笑,解开衬衣扣子,露出胸膛,用手掌拍起了胸膛……

　　那是初春,风中还有几分寒意,但她却突然感觉自己的身体里涌起一股暖流。老人对她笑了笑,说:"只要努力,一个巴掌一定

也可以拍响。你一定能站起来的！"

那天晚上，她让父亲写了一张字条贴到墙上，上面是这样的一行字："一个巴掌也能拍响"。从那之后，她开始配合医生做康复训练。无论多么艰难和痛苦，她都咬牙坚持着。甚至父母不在时，她自己也扔开拐杖试着走路。蜕变的痛苦是牵扯到筋骨的。她坚持着，她相信自己能够像其他孩子一样行走、奔跑。她要行走，她要奔跑……

十一岁时，她终于扔掉拐杖，又向另一个更高的目标努力着，开始打篮球和参加田径运动。1960年罗马奥运会女子一百米跑决赛，当她以十一秒一八的成绩第一个撞线后，全场掌声雷动。

她的名字叫威尔玛，在那一届奥运会上，她成为当时世界上跑得最快的女人，共摘取了三枚金牌，也是第一个黑人奥运女子百米冠军。

换位思考：

悲观的小女孩在独臂老人的鼓励下，终于站了起来。我们不禁这样思索：人不自信，谁人信之？

成长感悟：

相信自己的人，他已经完全接受了自己，包括外表上的缺陷。他不会因为别人的美而感觉自惭形秽，也不因别人的缺点而趾高气扬，他只会活得更美好。

戒指人生

　　小伙子非常苦恼地向神父诉苦："我觉得自己什么事也做不好，神父，我该怎么办呢？"

　　神父说："我很遗憾，现在帮不了你，我得先解决自己的问题。"他停顿了一下，说，"如果你先帮我个忙，把我的问题解决之后，也许我可以帮助你。"

　　"哦……我？我还能，还能帮到您吗？"年轻人很不自信地看着神父。

　　神父把一枚戒指从手上摘下来，交给小伙子，说："你到集市上去，帮我卖掉这枚戒指，要卖一个好价钱，最低不能少于一个金币。"

　　年轻人一到集市，就拿出戒指叫卖。

　　人们纷纷围上来询问价格，当知道了年轻人要卖的价格后，就有人嘲笑他，觉得这是一件多么不可思议的事情！用一个金币来换这样一枚戒指是多么不值。有人想用一个银币和一些不值钱的东西来换戒指，但年轻人记着神父的叮嘱，拒绝了。

　　年轻人骑着马悻悻而归。他沮丧地对神父说："对不起，我没有换到您要的一个金币，也许可以换到两

个或三个银币。"

"年轻人,"神父微笑着说,"首先,我们应该知道这枚戒指的真正价值。你再到珠宝商那里去,问问他给多少钱。但是,不管他说什么,你都不要卖,带着戒指回来。"

年轻人把戒指交给珠宝商,珠宝商在灯光下用放大镜仔细检验了戒指后说:"年轻人,如果你现在就想卖,我最多给五十八个金币。""五十八个金币!"小伙子不敢相信自己的耳朵。

"是啊,不过,如果再等等,也许可以卖到七十个金币。但是你是不是急着要卖呢? "珠宝商说。

年轻人把珠宝商的话告诉神父。

神父听后,说:"孩子,你就像这枚戒指,是一件很有价值的首饰。但是,首先,你得自己清楚并相信你自己的价值。"

换位思考:

在集市上一个金币都不值的戒指,在珠宝商那里却价值不菲。我们每个人就像这枚戒指,在人生这个大市场里要自我珍视,只有真正的内行才能发现你的价值。为什么戒指所处的地方不同,所面对的人不同,其价值也有那么大的不同呢?

成长感悟:

人生就像一个大市场,每个人在不同的人眼中都能表现出不同的价值,而我们的真正价值在很多时候却需要"伯乐"才能体现出来。相信自己,认清自己的价值,并等待赏识你的"伯乐"。同时也要努力,让我们遇到的人发现我们真正的价值。

只有璀璨的珍珠才显眼

汤姆的学习成绩挺好,毕业后却屡次碰壁,一直找不到理想的工作。他觉得自己怀才不遇,对社会感到非常失望。他为没有"伯乐"来赏识自己这匹"千里马"而愤慨,甚至因伤心而绝望。怀着极度的痛苦,他来到大海边,打算就此结束自己的生命。正当他即将被海水淹没的时候,一位老人救了他。老人问他为什么要走绝路。

汤姆说:"我得不到别人和社会的承认,没有人欣赏我,所以觉得人生没有意义。"

老人从脚下的沙滩上捡起一粒沙子,让年轻人看了看,随手扔在了地上,然后对汤姆说:"请你把我刚才扔在地上的那粒沙子捡起来。"

"这根本不可能!"汤姆低头看了一下说。老人没有说话,从自己

的口袋里掏出一颗晶莹剔透的珍珠，随手扔在了沙滩上，然后对汤姆说："你能把这颗珍珠捡起来吗？"

"当然能！"

"那你就应该明白自己的境遇了吧？你要认识到，现在你自己还不是一颗珍珠，所以你不能苛求别人立即承认你。如果要得到别人的承认，那你就要想办法使自己变成一颗珍珠才行。"

汤姆低头沉思，半晌无语。

换位思考：

其实每个人都和汤姆一样，认为自己是匹"千里马"，满怀期待地等待能够找到自己的"伯乐"。与其被动地等待，不如做沙子中那颗不经意间就会被人发现的璀璨珍珠。

成长感悟：

有的时候，你必须把自己当成普通的沙粒，而不是价值连城的珍珠。你要出人头地，必须要不断提高自己的能力，积累出类拔萃的资本才行。

互动思考

1. 废墟上的花朵遭遇到了什么呢？

2. 三只掉进水缸的小燕子的想法有什么不同呢？

3. 兰花的梦想是什么？它在不懈地追求什么呢？

4. 小麻雀为什么后来会偷偷地笑了呢？

5. 杂技团的台柱——走钢丝的人为什么会"马失前蹄"从空中掉下来呢？

6. 盲人的镜子对他有用吗？

第二辑：写下你的梦想

　　不要吝啬赞美别人的话语，不妨常对身边的人说诸如"你太棒了""你真了不起"这样的赞美之词，同时也告诉自己"我一定能行的"！很多时候，那扇看似紧闭着的门，说不定你只要鼓起勇气，轻轻一推就打开了！大胆写下自己的梦想，偶尔也可做做"白日梦"，想象一下自己已经成功的画面那又何妨呢？

→ GO

鼓励的力量

　　德国著名诗人海涅,小时候并不是一名好学生,他的作文总是遭到小学语文老师的讥笑,这一度使他对写作丧失了信心。一到语文课,他不是旷课,就是和同学打闹。直到升入中学,这种状况才有了很大转变,尽管他仍写不好作文,但中学语文老师从他那跨越时空的大胆想象中,看到了一棵诗人的苗子。老师鼓励他说:"就这样写下去,你一定能成为像歌德一样伟大的诗人。"

　　"我能成为像歌德一样伟大的诗人?"小海涅被老师的话震惊了,尽管他当时连歌德是个什么样的人都不知道,但他知道"伟大"是一个很了不起的词。

　　"能,一定能!"老师拉过小海涅的手说,

"不过有一条你要记住，你要向歌德学习。"小海涅记下了这句话，并相信了这句话。后来，老师又不失时机地一步一步告诉他应该向歌德学什么，小海涅也一丝不苟地按着老师的话去做。经过多年的努力，海涅真的写出了《北海纪游》《德国，一个冬天的童话》和《旅行记》等许多在德国和其他国家产生了积极影响的诗歌和散文作品，他被公认为是继歌德之后德国最重要的诗人。

成名后的海涅，给当年的老师写了一封饱含感激之情的信，其中有这样一段话："后来我才知道，你给我的鼓励作用有多大。正是有了这一个又一个的鼓励，才注定了我的昨天，也注定了我的今天。"

换位思考：

老师的鼓励，让海涅的信心增强，使他拥有了自己前行的目标和方向，从而成就了海涅。如果现在你还很迷茫，为何不虚构一个让自己为之奋斗的目标呢？

成长感悟：

为自己升起信念的旗帜，让自己拥有前行的目标和方向，用信念激励自己的行动，这注定了你的今天和明天。

梦想皆有神助

他从小就很呆笨,小朋友都戏称他"木头"。九岁以前,他除了因遵守秩序在学校获得过一枚玩具螺丝钉外,就再没有得到过更大的奖赏。

十二岁那年,他做了一个奇怪的梦。在梦里,他获得了诺贝尔文学奖。当时,他很想把这个梦告诉别人,但因为怕人嘲笑,最后只告诉了妈妈。

妈妈说:"如果这真是你的梦,你就有出息了!我曾听说,当上帝把一个美好的梦想放在谁的心中时,他是真心想帮助谁完成梦想的。"

他想:我真是天下最幸运的人!世界那么大,上帝一下子就选中了我。为了不辜负上帝的期望,从此他真的喜欢上了写作。

"倘若我经得起考验,上帝会来帮助我的!"

他怀着这份信念开始了他的写作生涯。三年过去了,上帝没有来。又过去了三年,上帝还是没有来。

但是他一直没

有放弃他的梦想，1965年,他终于写出了他的第一部小说——《无法选择的命运》;1975年,他又写出他的第二部小说——《退稿》;接着,他又写出了一系列的作品。

就在他不再关心上帝是否会帮助他时,瑞典皇家文学院宣布:把2002年的诺贝尔文学奖授予匈牙利作家凯尔泰斯·伊姆雷。他听到这个消息后大吃一惊,因为这正是他的名字。

当人们让这位名不见经传的作家谈谈获奖的感受时,他说:"我没有什么感受! 我只知道,当你说我就喜欢做这件事,再多困难我都不在乎时,上帝就会抽出身来帮助你。"

梦想皆有神助! 伊姆雷终于把梦想变成了现实。

换位思考:

梦想皆有神助! 伊姆雷就是自助且得到天助的人。你会努力实现自己的梦想吗?

成长感悟:

只要我们有梦想,有自信,不断努力,梦想终会变为现实!

想成功的人请举手

二十二岁的布罗斯刚进白宫时，在同事中引起了一阵不小的骚动。尤其是他那一头染成红色的头发，更是在西装革履、素以保守、沉稳闻名的白宫撰稿人中显得格外刺眼。

白宫撰稿人是一个很特殊的群体，对撰稿人的选拔也非常严格。他们内部也按资排辈，有严格的等级区分。而布罗斯却没有看重这种严格的等级分别，刚入白宫不久，他便向上司陈述一些自己的意见。可现实毕竟不是童话，布罗斯独到的见解不仅没有得到上司的青睐，还招来了同事们的冷嘲热讽，但初出茅庐的布罗斯并没有放弃，等待着新的机会。

2005年，国务卿鲍威尔辞职，白宫发生了巨变。新上任的国务卿赖斯召集所有撰稿人开会，想征询一下众人如何撰写

白宫演讲稿。会议开得非常沉闷。就在失望的赖斯准备结束会议时，一个红头发的年轻人高高举起了手。众人纷纷把目光投了过去，这个性格叛逆的年轻人不知道又会说出什么让人吃惊的话来。不过，他是整场会议中唯一主动举手的人。面对国务卿，布罗斯显得有些拘谨，他慌乱地陈述完了自己的想法。赖斯微笑着听完了他的话。会议结束后，赖斯转身告诉身边的助手："请留意一下这个红头发的孩子。"

从那之后，布罗斯便从众多的撰稿人中脱颖而出，很快，他就成了赖斯唯一的撰稿人。一篇篇天才的演讲词从他笔下流淌而出，成就了赖斯，也照亮了自己。年仅二十六岁的布罗斯在等级森严的白宫中平步青云，成为白宫中最年轻的高级顾问。那时，赖斯出席重要活动，人们都会在她身边看见一个红头发的大男孩儿。

换位思考：

想成功的人请举手！正因为布罗斯举手了，所以他成功了。在机会未来临前，我们可以恐惧、退缩、茫然无措。可当机会到来的刹那，你自信地举手了吗？

成长感悟：

阻碍我们成功的往往不是无人给我们机会，而是我们没有在众人面前展示自己的勇气。我们之所以与成功无缘，便是太在乎他人的看法，在机会面前没有自信。

"问题"孩子

　　曾经有一个让大人们都很头疼的孩子，是老师们公认的"问题"孩子，被好几所学校像踢皮球一样踢来踢去。开始，他也屈从于外界的评价，感到很沮丧，认为自己非常笨，做什么事情都不行。连爸爸妈妈也对他失去了信心。

　　长到十几岁，他发现自己虽然天生对文字反应迟钝，但是对图形很敏感。这让他欣喜万分，总算找到了自己的一项专长。于是，他开始了独特的自娱自乐——画画。玩耍时画，在学校里画，回到家里也画。同学们经常笑话他："你的画能让你的成绩好起来吗？"大人们也认为他不务正业。他常常

在心里对自己说："要相信自己，我是好样的，有一天我的画一定会'飞起来'的。"于是他坚持天天画，书上、作业本上，只要有空白的地方都被他画得满满的。

一个偶然的机会，有一家媒体发现了他，并为他开设漫画专栏。渐渐地，这个当初被公认的"问题"孩子声名鹊起，成了专职漫画家。他的画真的"飞起来"了，不仅"飞"向宝岛各地，还"飞"向了祖国大陆。

他就是朱德庸，25岁红透宝岛台湾。他的《双响炮》《涩女郎》《醋溜族》等漫画集一直畅销，根据这些漫画作品改编的电视剧不断热播。朱德庸终于实现了自己的梦想。

换位思考：

被大人们认为是不务正业的"问题"孩子，是怎样让自己的画"飞起来"的呢？

成长感悟：

在奋斗的路上，你若能看清自身的条件和特点，相信自己，找到适合自己奔跑的那双鞋，就成功了一半。

想象成功

　　许多年前，一个小姑娘应聘到纽约市第五大街的一家裁缝店当打杂女工。正式上班以后，她经常看到女士们乘着豪华轿车来到店里试穿漂亮衣服。她们穿着讲究，举止得体。小姑娘想：这才是女人们应该过的生活。一股强烈的欲望自她的心中升起：我也要当老板，成为她们当中的一员。

　　于是，每天开始工作前，她都要对着那面试衣镜，很开心、很温柔、很自信地微笑。虽然穿的是粗布衣裳，但她想象自己是身穿漂亮衣服的夫人。她待人接物落落大方，彬彬有礼，深受那些女士们喜爱。虽然只是一名打杂女工，但她想象自己已经是老板，工作积极投入，尽心尽力，仿佛裁缝店就是她自己的。她因此深得老板信赖。

　　不久，就有许多客户开始在老板面前夸奖小姑娘："这位小姑娘是你店中最有头脑、最有气质的女孩。"老板也说："她的确很出色。"又过了一段时间，老板就把裁缝店交给小姑娘管理了。

渐渐地，小姑娘有了一个响亮的称呼——"服装设计师安妮特"，她最后终于成了"著名服装设计师安妮特夫人"。

安妮特的成功，固然得益于多个方面，但首要的也是最重要的一点，就是一无所有的她敢于想象成功。

换位思考：

闲暇之余，你也经常想象成功吗？在你的想象中，自己扮演的是什么角色呢？当一个人一无所有却胆敢想象成功时，他就拥有了一种严谨理性的思维方式和乐观自信的心态；这种理性的思维方式能使他的心智不断提高，而积极的心态便能给人生带来质的飞跃。

成长感悟：

家境的贫寒、教育的缺失、时运的不济往往使我们置身于失败的困境。但是，当我们在现实的物质世界里心灰意冷、举步维艰时，却常常忘了还有另一条经由想象而抵达成功的路。

成功与境遇无关

青霉素是第一种能够治疗人类疾病的抗生素,它的发现,一直被认为是医药界的伟大发现。它的发现者是英国化学家弗莱明。弗莱明当时的工作条件很不好,实验室又小又破旧,从来没有引起别人的注意,但他仍是充满活力地做着他的研究工作。

有一天,偶然从破了的窗子外面随风飘进来一些灰尘,落在了他做试验的细菌培养器皿中,这让他发现了青霉素。

几年之后,他去

参观一个现代化的实验室。这个实验室的外观辉煌，里面设备先进，除了有先进的仪器设备外，还有当时不多见的中央空调系统，整个实验室一尘不染。

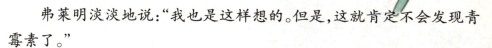

实验室主任转头对弗莱明说："博士，当初您如果能在这样的实验室从事研究工作，相信您一定能够发现更多有益人类的好东西。"

弗莱明淡淡地说："我也是这样想的。但是，这就肯定不会发现青霉素了。"

其实，无论我们身处何种不利的环境，都不必羡慕他人的优越环境。机会与幸运对于每个人都是平等的，只看你是否用心去把握了。

即使在残破的实验室，弗莱明还是有机会发现了青霉素，而那些在豪华、先进、昂贵的实验室工作的人，只能惊叹弗莱明的发现。

换位思考：

即使在残破的实验室，弗莱明也发现了青霉素。此时的你，是否同弗莱明一样，所处的环境不尽人人意呢？你是怎样思考的呢？

成长感悟：

其实，幸与不幸，贫穷或富有，成功与失败，只在于个人的努力和奋斗，与境遇无关。

白居亦易

唐代大诗人白居易，在他还没有名扬天下之前，就已经才高八斗，满腹经纶了，但他的名字却仍旧不被人知。于是，他打算到长安去谋求发展。

白居易刚到长安的时候，由于自己没有名气，他就想着要给自己创造一个机会。

长安有个人叫顾况，是当时的社会名流。白居易希望他能够帮助自己，于是便毛遂自荐到顾况那里。顾况听下人说有一个叫"白居易"的人求见，感觉这个名字挺有趣，于是讥讽道："长安米贵，要在此地白白居住下来可不容易。"白居易听到下人转述此言，仍恳求下人把自己的诗歌稿子给顾况看，

下人总算答应了。

顾况接过白居易的稿子，读到那首《赋得古原草送别》时，一见开头两句"离离原上草，一岁一枯荣"，觉得很有味道，读到"野火烧不尽，春风吹又生"时，更是拍案叫绝，叹道："有如此之才，白居亦易！"于是，他立即召见白居易，并大力地推举了他，使得白居易很快便在京城长安名声大振，站稳了脚跟。

可见，机会都是靠自己去创造的。可是太多的人终其一生都在等待一个完美的机会自动送上门，直到他们懂得每一个机会都属于那些主动找寻机会的人，那时已经太晚了！

换位思考：

面对名士顾况的讥讽，如果白居易没有充分的自信与勇气，退缩了，我们今天恐怕就很难读到他深入浅出、平易通俗的诗歌了。你遇到过别人的嘲笑吗？说说你是怎样面对的。

成长感悟：

大诗人白居易才高八斗，满腹经纶，却不为人所知。如果他不毛遂自荐，机会肯定不会主动降临。机会要靠自己来寻找，所以每天都要不断地努力，充实自己。

写下你的梦想

布鲁斯·李出生在美国三藩市。因为父亲是演员，他从小就有了跑龙套的机会，于是产生了想当一名演员的梦想。

因为身体虚弱，父亲便让他拜师习武来强身健体。后来，他像所有的正常人一样结婚生子，过起了平淡恬静的生活。但他的内心深处，一刻也不曾放弃当一名演员的梦想。

一天，他与一位朋友谈到梦想时，随手在一张便笺上写下了自己的人生目标——"我，布鲁斯·李，将会成为全美国最高薪酬的超级巨星。作为回报，我将奉献出最激动人心、最具震撼力的演出。从1970年开始，我将会赢得世界性声誉，到1980年，我将会拥有一千万美元的财富，那时候我及家人将会过上愉快、和谐、幸福的生活"。

当时，他的生活正穷困潦倒。不难想象，如果这张便笺被别人看到，会引来多少嘲笑。

为了实现梦想，他克服了无数次常人难以想象的困难。直到1971年，命运女神终于向他露出了微笑。他主演的电影《唐山大兄》《精武门》和《猛龙过江》，均刷新了香港票房纪录。1972年，他主演了香港嘉禾公司与美国华纳公司合作的《龙争虎斗》，这部电影使他成为一名国际巨星——被誉为"功夫之王"。1998年，美国《时代》周刊将其评为"二十世纪英雄偶像"之一，也是唯一入选的华人。

他就是李小龙——一个享有世界声誉的华人明星。

1973年7月，事业刚步入巅峰的他不幸因病逝世。在美国加州举行的"李小龙遗物拍卖会"上，这张便笺被一位收藏家以二点九万美元的高价买走，同时，两千份获准合法复印的副本也当即被抢购一空，以致拍卖会的主持人大叫："这就是你以后有必要把你的梦想马上写下来的原因所在。"

换位思考：

"写下你的梦想，哪怕是在一张不起眼儿的便笺上。"或许它会引领你走向成功，步入辉煌。每个人都有自己不同的家庭环境和身体条件，都有着不同的生活经历和感受，想想你现在最大的梦想是什么。

成长感悟：

李小龙从小的梦想就是能成为一名国际巨星。他虽然一生经历了很多的挫折和磨难，但始终都没有放弃梦想和信念，凭着他的自信与坚韧，最终实现了自己的梦想。

大仲马趣闻

　　法国作家大仲马1802年出生在法国一个小镇。二十岁那年他想闯荡巴黎,但身无分文,无法成行。一天,凭借在乡间游逛时练就的高超的弹子技术与人赌弹子,他赢了满满一口袋钱,便告别母亲,奔向巴黎。

　　到巴黎后,大仲马幸运地遇到了父亲的旧友福阿将军,经将军举荐,他当上奥尔良公爵府上的公务员。当差之余,他还经常替法兰西剧院誊写剧本。许多精妙的剧本让他深为着迷,常常忍不住放下誊写的剧本,动手写自己的剧本。

　　然而,大仲马花三年时间写出的大量剧本,没有一个被剧院接受并上演。直到1928年2月11日傍晚,法兰西剧院才给他送来一张便条:"亚历山大·仲马先生,你的剧作《亨利三世》将于今晚在本院演出。"

　　紧接着,大仲马的另一个剧本《安东尼》演出后也获得了巨大的成功。在短短的两年时间里,大仲马在巴黎成了最

走红的青年剧作家。尽管如此，巴黎的许多贵族和一些文坛名家们仍然蔑视他的出身，嘲讽他的黑奴姓氏，甚至像巴尔扎克这样的大家也不放过嘲笑他的机会。在一个文学沙龙里，巴尔扎克拒绝与大仲马碰杯，并且傲慢地对他说："在我才华用尽的时候，我就去写剧本了。"大仲马断然地回答道："那你现在就可以开始了！"巴尔扎克非常恼火，进一步侮辱大仲马："在我写剧本之前，还是请你先给我谈谈你的祖先吧——这倒是个绝妙的题材！"大仲马也火冒三丈地回答他："我父亲是个克里奥尔人，我祖父是个黑人，我曾祖父是个猴子；我家就是在你家搬走的地方发源的。"

换位思考：

当面对侮辱的时候，你可能会因为自卑而沮丧吧？但真正自信的人就不会！

成长感悟：

出身卑微的大仲马面对嘲笑，丝毫不被对方的身份压倒，自信地维护自己的尊严，言词不卑不亢，机智地反驳对方的责难。

人生第一课

鲜花与掌声从来就是年轻人全力追逐的事情，在茶楼当过跑堂、在电子厂当过工人的周星驰也不例外。然而，现实与梦想之间的距离总是很遥远，周星驰的第一个工作是电影剧组的杂役，根本没有机会参加演出。

三年之后，周星驰才开始饰演一些仅有几句台词或根本就没有台词的小角色。如果在今天仔细观看电视剧《射雕英雄传》，就会在里面找到他的影子：一个只在画面上闪现了几秒钟，被人打死的无名侍卫。

因为没有导演看中外型瘦弱的周星驰，在失落之余，他转行做儿童节目主持人，一做就是四年。他以独特的风格赢得了孩子们的喜爱。但是当时有记者写了一篇《周星驰只适合做儿童节目主持人》的报道，讽刺他只会做鬼脸、瞎蹦乱跳，根本没有演电影的天赋。这篇报道深深刺激了周星驰，他把报道贴在墙头，时刻提醒和勉励自己一定要演一部像样的电影。

1987年，他正式参演了第一部剧集《生命之旅》，虽然还是跑龙套，但是终于有了飞翔的空间。从此，他开始用小人物的卑微与善良演绎自己的人生传奇。

经历过最底层的挣扎，拍完五十多部喜剧作品之后，周星驰成为

大众心目中的喜剧之王。

在央视专访节目中，周星驰不无自嘲地回忆了走过的路程："有些人说我最辛酸的经历是扮演《射雕英雄传》里面一个被人打死的小侍卫。但是我记得这好像不是，还有更小的角色。当时镜头只拍到我的帽子与后脑勺。那种感觉对我来说相当重要，因为这使我对小人物的百情百味刻骨铭心。"

换位思考：

当面对侮辱的时候，你可能会因为自卑而沮丧吧？但真正自信的人就不会！

成长感悟：

出身卑微的大仲马面对嘲笑，丝毫不被对方的身份压倒，自信地维护自己的尊严，言词不卑不亢，机智地反驳对方的责难。

自己打磨自己

　　有一个年轻人到一家杂志社实习,遇到一位以严格要求和博学多才而闻名的老编辑。年轻人每次交稿时,这位老编辑总是一句话:"如果你对某一个单词的写法没把握,就查字典。"老编辑还规定,年轻人每天得写一篇文章放在他的桌上。哪天没有文章,老编辑就敲着桌子说:"文章呢?"就这样,在日积月累的岁月中,年轻人的文章一天一个样,终于在写作上取得很大成就,并参与了美国《独立宣言》的起草。

　　这位年轻人就是美国著名的科学家、民主主义革命者乔·富兰克林,指点他的那位编辑名叫弗恩。富兰克林一直以一种敬畏和崇拜的心情,按照弗恩的严格要求磨砺自己,终于取得了成功。后来,弗恩去世了,富兰克林

在整理弗恩的遗稿时，看到了这样一句话：孩子，其实我不是你心目中的那个人。我并不懂写作，每个单词都得查字典，一篇稿子要看上几十遍。当然为了生活，我给自己创造了一个权威的形象。你让我教你，我尽量去做，其实多数时候是你自己在打磨自己。

自己打磨自己？富兰克林简直不敢相信，自己的写作才能竟然就是自己在一天一篇的积累中打磨出来的！老编辑只不过是持之以恒地严格要求他而已！富兰克林再读弗恩的其他遗稿时，才相信他的话句句是实情，因为那些手稿幼稚得令一个真正的作家心碎！

换位思考：

富兰克林在"博学多才"的老编辑的严格要求下，终于取得了很大成就。而最终的真相却告诉他：是他自己成就了自己。虽然你面前也许没有这么一位老编辑，但是你是不是应该从现在开始，自己打磨自己呢？

成长感悟：

只有不停地磨砺自己，不停地给自己淬火，在勤奋的熊熊炉火中锻打锤炼，你的才华才会锋锐明亮起来，并最终放射出夺目的光芒。

与时间赛跑的人

三岁时,他就得了严重的猩红热,在医院一躺就是数月。后来靠一剂强心针,勉强摆脱了死神的纠缠。

十八岁时,他又染上了一种怪病,住进波士顿的一家医院。在写给朋友的信中,身心俱疲的他流露出了绝望:"也许,明天你就得参加我的葬礼了!"

二十六岁时,他通过隐瞒病史参加了海军。在与日本人的一场海战中,他所在的军舰不幸被击沉,他靠身边的一块木板捡回了一条命,但却落下了更严重的后遗症。

三十岁时,他去英国出远差,突然虚脱昏倒在一家旅馆里。当时,英国最高明的医生断言他"最多只能活1年"。

三十七岁时,他身上多种病症并发,长时间卧床不起。

可就是这样一个从小到大百病缠身、快要接近废人的人,却从平民百姓起步,从工人、军人、作家再到议员,在四十三岁那年,成为美国历史上最年轻的总统,他就是约翰·肯尼迪。

很难想象，在公众场合精力充沛、风流倜傥的肯尼迪竟然是个药罐子。而事实的确如此。在他各个发病期的主治医生都见证了这一点，同时，他们也见证了肯尼迪在发病时怎样与病魔抗争，坚持著书立说：病床上，他的身边随时堆满了书籍和笔记本，三十五岁那年，他在病床上创作的描写二战的专著《勇敢者》，荣获了当年的普利策奖；就是在当了总统之后，有时病得无法办公，他就躺在疗养室的温水池里阅文件、发布指示……因为疾病，时刻让他感受到死亡的威胁，这种威胁又时刻让他感到时光的宝贵。因此，在有限的四十六年生命中，他废寝忘食、快马加鞭，成为美国历史上最有影响力的总统之一，被誉为"与时间赛跑的人"！

换位思考：

当我看到肯尼迪顽强地与病魔抗争。我们有比肯尼迪更好的身体条件和更多的创造时间，想一想我们所欠缺的是什么呢？

成长感悟：

按常理，身体是革命的本钱，患病对一个人而言，就意味着事业的停滞；而肯尼迪的奋斗经历，无疑是我们成长路上的一面镜子。

互动思考

1. 海涅的信心是怎么增强的呢?

2. 一个普通的白宫撰稿人,是怎样成长为白宫最年轻的高级顾问,并常伴国务卿左右的呢?

3. "问题"孩子真的有"问题"吗?

4. 仅凭想象就能成功?

5. 弗莱明在破旧的工作室发明了青霉素,你还认为你是因为条件不好而无所建树吗?

6. 顾况为何会说"白居亦易"呢?

7. 大仲马为什么会火冒三丈地说他祖父是黑人、曾祖父是个猴子呢?

第三辑：幸运在路上

　　许多时候，成功与我们失之交臂，并不是因为成功不肯垂青我们，而是我们容易被环境所左右，惯于附和，缺乏主见，最终放弃了自己正确而自信的判断。自信使人进步，自信是获取成功所不可缺少的因素，而掌握相当的知识与经验，则是树立自信心的必要前提。自信是成功的基石，不管身处什么样的境况，删掉人生的病毒，让我们能走多远就走多远吧，只要抱定一个信念——"幸运在路上"，就能充满信心，去努力实现自己的愿望和理想。

GO

莎莎的毛病

莎莎是个漂亮的小姑娘，现在上初二，成绩也很优秀，大家都非常喜欢她。

可是，莎莎有这样一个毛病，常常以为自己是众人的焦点。有一天，莎莎穿了一件漂亮的新裙子，她总以为众人都在注视自己，她暗自想：是衣服的颜色不对吗？或者款式很老土？也许这件衣服根本就不适合我？哎呀，会不会很难看呀？他们该笑话我了！

莎莎心里老想着这件事，感觉很不自在，连上课都走神。

正好，这天是期中考试成绩揭晓的日子。试卷发下来了，莎莎一看，糟了，才78分！平时自己的成绩都在90分以上的，这次是怎么了？莎莎小心翼翼地把试卷塞进抽屉，老觉得

同学们正以一种异样的眼光看着自己。当同学们围在一起的时候,她也总感觉他们在议论她,看不起她。

上课铃响了,老师叫莎莎回答问题。要是在平时,虽然也紧张,但总还能答出来。可是今天,莎莎感觉全班同学都在注视着自己,她害怕答错了让同学们耻笑,让老师批评,她越想越害怕,站在那里竟然一句话都说不出来。

换位思考:

和莎莎一样,被夸奖时,感觉特别好,被批评时,会感到失落、沮丧,这都是非常正常的心理表现。但这种心理表现会影响你对自己形象的感知,从而影响到你的注意力。想想自己有没有过这样的经历?

成长感悟:

莎莎老以为众人在注视着自己,因此过于把注意力集中在自己身上,从而无法专心上课。其实生活中每个人都有自己的事,每个人都有自己的思想重点和注意指向,他们不可能有那么多时间注视你,甚至无法顾得上注意你。即便其他人都注意你也没有什么可怕的,只要你用自信、积极、乐观的心态来对待。

删掉人生的"病毒"

　　在学校的时候，大家都夸他是才子，沉稳，聪明，充满自信。

　　然而，在电视台工作了三年后，他发现自己不仅仍在原地踏步，而且已经没有了当年的激情，每天只是在慵懒地打发着时光。

　　来自同事的压力也让他感到有些窒息，似乎每个人都带着职业化的微笑，却暗暗憋着力气，私下里较着劲儿，办公室不时弥漫着硝烟。

　　年纪轻轻的他有些心灰意冷的感觉，三年的辛苦打拼仍然不能获得上司的青睐，最好的选题永远不会让他做，这让他多少有些怀才不遇的幽怨。

　　人倒霉时喝凉水都会塞牙——新买的笔记本电脑刚用两天就中了病毒，他又是个电脑盲，只好请来朋友帮忙。朋友简单扫描了电脑之后，很轻松地便把病毒清除干净了。杀完毒的电脑

运行速度大大提高，于是他便向朋友请教。

"病毒不仅危害电脑程序，还占用资源。电脑资源有限，被病毒占用了大部分的空间，轻则影响网速，重则造成硬件损伤。这就好像人一样，你被各种各样的负面信息包围着，就不得不花大量的精力去思考。又因为长期接触这些对自己不利的信息，从而使得自己的心态也大受影响，所以，人和电脑一样都得定期杀毒，远离那些危害自己的信息。"

他心里猛地一颤：自己的人生不也正被种种病毒包围着吗？这些情绪不正在蚕食着自己的理想、激情和活力吗？

他毅然放弃了现有的工作，重新回到学校读书，重新树立起曾经的自信，重新梳理自己杂乱彷徨的心绪，一点点删除人生的病毒。

几年后，他凭借着自己出色的才华和不错的工作经验挤进了人才济济的中央电视台，而且干得相当出色。随后，他又再次将自己归零，和香港一家新兴媒体签订了合同。如今，他已经是这家电视台的执行台长了。

他就是凤凰卫视中文台的执行台长刘春。

换位思考：

想一想，你遇到过哪些令你焦虑、徘徊的事情？说说我们应该怎样来清理掉思想中的这些"病毒"呢？

成长感悟：

无论是在学习上还是在生活中，焦虑、犹豫、空虚等负面情绪就像病毒一样，消耗着你的大部分精力，它们不仅会阻碍你的成功，还会腐蚀你健康的心智，让你焦虑不安。与其让人生的"病毒"侵扰，还不如远离那些腐蚀你心灵的人和事。这样，你的生活将豁然开朗。

大师的信念

大师年轻时在上海穷困潦倒,常常为一顿饭发愁。他的鞋前面裂开一个口子,像鲇鱼的嘴,他既没钱买新鞋,也没钱缝补。

一天,大师画了一只老虎,拿到街上卖。一个外国人看中了这幅画,想买,就问:"多少钱?"大师说:"五百美元。"

外国人觉得五百美元太贵,便说:"能不能少点儿呢?"

大师说:"不能少!"一边说一边将画轻轻地撕碎了。

外国人吃了一惊:"年轻人,你怎么撕毁了它呢?多可惜呀!五百美元不卖,少卖点儿也行啊!你是生气了吧?"

大师平静地说道:"先生,我没有生气。这画我要价五百美元,说明我认为它值五百美元,你跟我讲价,不愿出五百美元,说明在你眼里它不值这个数,也认为它不好。所以,我要继续努力,下次画好。这次画得肯定不行,所以我撕了它,重画,直到我的画被顾客承认为止。"外国人想了想,觉得大师说得很对。可那时大师还不是大师,只是个普通的、默默无闻的青年。但就是这个信念,使这个青年日后成为一代雕塑大师,当上了中国美术馆馆长,主持雕塑人民英雄纪念碑上的浮雕,留下了许多传世的雕塑作品。他就是一代雕塑宗师刘开渠。

换位思考:

试想你就是那位大师,可能会因为当时的穷困潦倒而低价卖画。可大师却因为画没达到自己心里的定价撕毁了它,并自信地认为自己一定能画好。

成长感悟:

我们常常埋怨自己没有成为伟人,却不知道自己是否具有良好的心态和足够的自信。

让我们能走多远就走多远

　　要整装上路,要努力! 要向前走! 有师徒两位僧人,从很远的地方去圣地朝圣。一路上他们一边化缘一边赶路,日夜兼程,不敢停息。

　　因为在临行前,他们发了誓愿,要在佛祖诞辰那天赶到圣地。作为僧人,最重要的就是守信、虔诚、不打妄语,何况是对佛陀发的誓愿呢?

　　但在穿越一片沙漠时,年轻的弟子却病倒了。这时离佛祖诞辰已经很近,而他们距圣地的路还有很远。

　　为了完成誓愿,师父开始搀扶着弟子走,后来又背着弟子走,但这样一来,行进的速度就慢

了许多，三天只能走完原来一天的路程。

到了第五天，弟子已经气息奄奄，快撑不住了，他一边流泪一边央求师父："师父啊，弟子罪孽深重，无法完成向佛陀发下的誓愿了，并且还连累了您，请您独自走吧，不要再管弟子，日程要紧。"师父怜爱地看着弟子，又将他背到背上，一边艰难地向前行走一边说："徒儿啊，朝圣是我们的誓愿，圣地是我们的目标。既然已经上路，圣地就在心中，佛陀就在眼前了。佛绝不会责怪虔诚的人，让我们能走多远就走多远吧……"

换位思考：

　　与目的地还有距离时，你是否也可以轻松地说："让我们能走多远就走多远吧……"

成长感悟：

　　其实每个人都是朝圣者，都有自己的目标和誓愿，由于各种客观和主观的原因，并非每个人都能达到目标和实现誓愿。其实只要你充满信心地上了路，坚定地向目标靠近，那么属于你的成功，就已在心中扎根。

珍惜小成功

一年多以前,有两位本科毕业生小李和小牛,来到我现在工作的这个经济发达的城市谋职。那天我正在火车站采访客流情况,遇上了正在问路的他们,我告诉他们去人才市场的路线。因为做记者需要多结交朋友,我还给他们发了名片,请他们与我保持联系。

一年多过去了,我都快忘掉这事了。前几天,突然接到小李打来的电话,说准备到别的城市去寻找机会。他说,一年来他找了很多工作,但没有一个合自己的意,只赚了个温饱,最惨的时候是上街给别人擦鞋,想想真没意思。

小牛干得如何呢? 通过小李提供的手机号码,我与小牛取

得联系。小牛说："我刚开始在一家快餐店里当服务生，然后是领班，没有积下什么钱，不过我已基本掌握了快餐店的运作规律，对全市快餐行业的现状也有一定的了解。我想等条件成熟时，找人合伙租两间民房，到城市北部做快餐外卖业务，这样不用租邻街的店面，启动资金可以少一些。"

表面上看，两位大学生都混得不怎么好。但我相信，若干年以后，小牛一定会干出一番成绩来的，因为小牛不只保持了乐观的心态，更重要的是他珍视小成功。尽管他眼下的成功还微不足道，但取得大成功的人有哪一个不是从小成功起步的呢？

换位思考：

两位大学生都还没有大成功，可是从他们对自己不同的态度上，你能预测到他们的未来吗？

成长感悟：

成功者之所以能成功，就在于他们一开始就葆有信心，相信自己的工作有价值、有意义，即使是小事情也做得很漂亮。

幸运在路上

　　有一个女孩，高中毕业后只身一人来到北京闯荡。十八岁的她，没有文凭，自然在北京也就找不到什么好的工作。她好不容易托老乡找到了一家小店，在那里做打字员，一个月四百元，包饭。她住的地方离上班的地方不算太远，骑自行车约四十分钟，是和几个老乡一起住在一间地下室，一张床铺每晚八元。

　　除了打字外，她几乎没什么别的事做。她从家里带来的书还是高中念的英语书，没事就拿出来翻看，书的边上都起卷了。她攒了一年的钱，终于够上个英文班。同屋的老乡笑话她："太不值了，你这么学根本是没有用的。有多少人是科班出身，你永远也别想超过他们。"她什么也不说，只是笑笑。

　　就这样，她一边打工，一边上学。六年中，工作换了很多个，待遇越来越高了，开始是四百元，接着是六百元，不久是八百元，跟着是一千二百元，然后升到一千五百元，她的英文也由一级提高到二级，继而三级，最后是四级和六级的证书也拿到了手，并且已经能和外国人交流了。最近，她又换了工作，在一家外企，月薪六千元。她搬出了从前住的那个地方。不久，她认识了一个和她公

司有着业务来往的部门主管,小伙子也是外地人,毕业后独自留在北京打工。两年后,他们结婚了,并买了自己的房子。

她上街偶尔会碰到曾经和她一起住在地下室的老乡——老乡还是住在那里,只不过周围床铺的人一年年都不同。

换位思考:

不是科班出身的女孩,如果没有足够的自信一路走下去,她现在应该还和老乡一起蜗居在地下室吧?

成长感悟:

没有什么人天生就是幸运的,幸运要靠自己去争取,去经营。选择什么样的路,其实就是选择什么样的生活。

不要小看自己

　　小男孩非常自卑,贫寒的家境使他老觉得自己处处低人一等,他总是低着头走路。尽管如此,他仍然常常无缘无故地成为别人的出气筒。可怜的他,常在心里问自己:我什么时候才能比别人强一点呢?

　　有一天,老师带着全班同学到一家生产水果罐头的工厂。孩子们的任务是刷洗那些收回来的空罐头瓶子。为了激励大家,老师宣布开展比赛,看谁刷洗的瓶子最多。

　　听到老师的号召,小男孩心里一阵激动,他从来没有得到过第一,那一刻他下定决心,一定要得第一。

　　他很快就学会了所有的刷瓶程序,刷得非常认真,一双小手被水泡得泛起一层白皮。最后,他是所有孩子里面刷洗瓶子最多的。当老师宣布这一结果时,小男孩非常高兴,那种成功后极度快乐的体验,

从此一直留在他的记忆中。

也就是从那一次起,十岁的他一下子明白了:无论什么事情,只要肯干,就一定可以干好。他开始玩命地去做自己想做的事情。

果然,这个小男孩一路拼搏地走了下去:1985年,他从重庆大学计算机专业毕业;1988年,他获得哈尔滨工业大学计算机专业硕士学位;1991年,他获得哈尔滨工业大学计算机专业博士学位。他拥有数项重大发明,曾三次荣获部级科技进步二等奖……

他就是周明,如今已成为微软亚洲研究院的高级研究员,是计算机自然语言领域中公认的最为优秀的科学家之一。

周明说,当年自己正是从洗好的一百零八个瓶子中明白了一个道理:任何时候都不要小看自己。

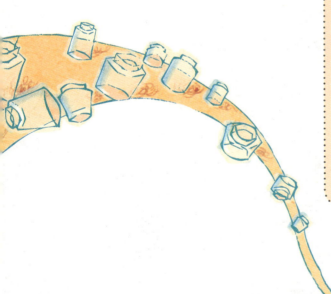

换位思考:

小小的成功你一定有不少吧?给自己多找几个小小的成功,体会小小成功中的快乐,会让你信心百倍哦!

成长感悟:

小成功也是成功,它会使我们树立起信心,从而有勇气去接受更多的挑战。只要我们能从小成功中积累经验,就能练就做大事情的胆识和能力。

再坚持一下

查德威尔是第一个成功横渡英吉利海峡的女性,但她并不满足,决定超越自己,她想从卡塔林那岛游到加利福尼亚。

旅程十分艰苦,刺骨的海水冻得查德威尔嘴唇发紫;连续十六小时的游泳使她的四肢像灌了铅一样沉重。查德威尔感到自己快不行了,可目的地还不知有多远,如今连海岸都看不到。

她越想越累,感到自己一丝劲儿也用不上了,于是对艇上陪伴她的人说道:"我放弃了,快拉我上去吧!"

"不要这样,只有一公里就到了,坚持!"

"我不信,如果只有一公里,我怎么看不到海岸线?快拉我上去。"

查德威尔最终被小艇上的人拉了上去。

小艇飞快地向前开去,不到一分钟,加利福尼亚的海岸就出现在眼前——因为大雾,它在半公里范围内才能被人看见。

查德威尔后悔莫及:为什么不相信别人的话,再坚持一下呢?

换位思考:

你是不是也有过没有足够的自信,在成功面前少坚持了那么一点点的经历呢?

成长感悟:

其实成功与失败的差距往往仅一步之遥,前面大部分的困难已使人筋疲力尽,这时即使一个微小的障碍也可能导致前功尽弃,只要咬紧牙关坚持一下,胜利就近在眼前。

从尴尬开始

　　他貌不惊人，而且只有大专学历，可是在满屋子来自各个名牌大学、有着硕士、博士头衔的应聘者中，他的表现却让人以为他是个哈佛留学生。尽管他很自信，可是面试官还是很快就掂出了他的分量，他在专业能力方面并不能胜任这个职位。因此，他的求职申请被拒绝了。

　　他的脸上露出了一点失望、尴尬的神情，可他并没有马上离开，而是对面试官说："请问你能否给我一张名片？"面试官冷冷地看着他。"虽然我无法成为贵公司的员工，但我们也许能成为朋友。"他坚持着。

　　"哦？你这么想？"

　　"任何朋友都是从陌生人开始的。如果有一天你找不到打网球的搭档，可以找我。"

面试官看了他一会儿，掏出了名片。

后来，面试官确实经常找不到伴儿打球，就真的找他打网球。很快，他俩就成了朋友。

一天，面试官问他："你不觉得你当时所提的要求有点过分吗？如果我根本不理会你，那你怎么下台？"

"其实人最怕的不是失败本身，而是失败以后的尴尬。很多事情都是从尴尬开始的，包括交朋友。"

他接着说："大学时我非常喜欢一个女孩儿，可我只敢远远地看着她。我怕被拒绝，我担心如果向她表明心迹，她会用一种冷冷的眼光看着我说'你也配这么想？'就这样，我被自己的想象吓住了。后来我偶然得知，她以前一直对我很有好感。我错过了本来属于我的幸福……"

"我现在已经敢于面对一切了，不管前面是一个吸引我的女孩儿，还是某个万人大会的讲台，我都会迎上去，虽然我的心在怦怦乱跳，虽然我知道自己可能还不够资格。"

换位思考：

或许你也害怕失败的尴尬吧？在失败的尴尬面前，你该何去何从呢？

成长感悟：

成功往往就在你眼前，也许只因为你没有自信面对失败的尴尬而放弃了。

谁拉你走向平庸

有这样一个实验：一位长跑运动员参加一个五人小组的比赛，赛前教练对他说："据我了解，其他四个人的实力并不如你。"结果，这个运动员轻松跑了个第一名。后来，教练又让他参加了另一个十人小组的比赛，教练把其他人平时的成绩拿给他看，他发现别人的成绩都不如自己，他又轻松地跑了个第一名。再后来，这个运动员又参加了二十人小组的比赛，教练说："你只要战胜其中的一个人，就会胜利。"结果，在比赛中，他紧跟着教练说的那个运动员，并在最后冲刺时，又取得第一名。

后来，换一个地方比赛。赛前，关于其他运动员的情况，教练没和他沟通。在五人小组的比赛中，他勉强拿了一个第一名；在十人小组的比赛中，他滑到了第二名；在二十人小组的比赛中，他的成绩就更惨了。而实际情况是，这次各组的其他参赛运动员的水平与第一次的完全相同。

这不由得让人想起自己上学时的情形。那时，我是班里的佼佼者，第一名非我莫属。升到了初中，人多了，觉得自己能考前十名就不错了，于是一旦进入了前十名，便沾沾自喜。高中以后，定的目标更低，即便考试不很理想，也会安慰自己道：高手这么多，这个成绩已经不错了。就这样，我一步步地从优秀走向了平庸。

换位思考：

或许，你原本是优秀的，只不过，因为你缺乏自信心，一步一步把自己从优秀的高位上拉下来，一直拉到平庸的位置上。你有过这样的经历吗？

成长感悟：

生活中，不会永远有人告诉我们竞争对手的实力和能力。于是，面对着周围越来越多的人，我们开始茫然不知所措，或者妄自菲薄，主动地把自己"安排"到一个较低的位子上。千万不要丧失自信，成功属于勇于超越自己的人。

第三个面试者

　　有一家大公司要招聘一位市场人员，丰厚的薪水和不错的福利待遇吸引了不少报名者。

　　应聘的条件除了基本要求外，还要求有一定的口才，许多人跃跃欲试。经过笔试和面试，留下了三个人进入最后的测验。

　　第一个应聘者一走进面试室，就看到面前坐着集团公司的总经理，他在商场中叱咤风云，以果断和善辩著称。应聘者一见老总亲自面试，不免心慌意乱起来。老总的问题尖刻而带有挑衅性，应聘者根本不敢正面驳斥，只是竭力自圆其说。不到半个小时，他就被老总问得毫无招架之力了。

　　老总笑着对他说："你可以出去了。"

　　第二位也是如此，他一看到主持测验的是在商海中威信极高的老总，马上就被老总的气势压住了，自己的表达能力根本发挥不出来。

　　很快轮到了第三位应聘者，面前的老总在他眼里只是一位戴着眼镜、干瘦而精明的老招聘人。

　　应聘者对老总说："您好。"

老总威严地扫了他一眼,提了许多问题,应聘者侃侃而谈,老总的嘴角露出一丝微笑。

突然,老总提出一个涉及个人隐私且十分尖刻的问题。应聘者一听,虽有些气恼,但仍然平静而有礼貌地指正了老总。老总不同意他的观点,两人便言来语去地争论起来。老总的话音突然戛然而止,笑着说:"不错,有胆量,你等我们公司的最后通知吧。"

第三位应聘者气呼呼地走出面试室,看到了先前的那两位应聘者。从他俩口中得知那位面试官是集团公司的老总时,第三位应聘者顿时惊得目瞪口呆。他想起刚才和老总争辩的场面,估计自己无论如何都不会被录用了。

而结局却出乎意料,真正被录用的是第三位应聘者,公司老总评价他是少见的有自信心的年轻人。

换位思考:

在第三个人面前,威严的老总就是一个普通的招聘人。保持你的自信吧,说不定成功就在前面等着你呢!

成长感悟:

自信就能给人带来成功。纵观中外名人成功的典故,没有人不是用极大的自信为自己争取到成功的机会的。自信能使自己的人生和命运朝着自己理想的方向发展。

放肆的年轻人

原一平是日本明治保险公司的推销员。一天,他突然闪出一个念头:三菱银行投资有许多公司,银行的总裁串田万藏也是明治保险公司的董事长,若能得到他的介绍⋯⋯

他立即行动,找到公司业务最高主管阿部。

阿部听完他的计划和请求,说:"你的计划很好。不过,当时三菱公司投资明治保险公司时,讲明绝不介绍保险业务。所以,如果代你向串田董事长请求介绍信的话,明天我就可能被革职了。"被主管驳回请求后,原一平决定直接去见董事长。

"你找我干什么?"董事长大声问道。

原一平一下子慌了手脚,他结结巴巴地说:"我⋯⋯我是明治保险公司的原一平。我想去访问日清纺织公司的总经理,想请您给我写封介绍信。"

"什么？保险那玩意儿靠得住吗？"

原一平的个性本来就暴烈，他一听董事长这句话，向前跨一大步，大声骂道："你这混账东西！"

董事长愣住了，往后退了一步。

原一平不解气地继续说道："公司一再告诉我们，推销人寿保险是神圣的工作。你这个老家伙还是我们公司的董事长啊！我要立刻回公司去，向所有员工宣布。"

他一冲出门，就立刻为自己的粗野行为懊悔不已。最后他还是回到公司，向阿部详细报告了全部的经过，打算在向阿部道歉后，立即提出辞呈。

这时，电话铃响了。一放下话筒，阿部便对着原一平哈哈大笑，说："是串田董事长，他说刚才三菱公司来了一个很厉害的年轻人，吓了他一大跳。"接着，阿部拍拍原一平的肩膀说，"他还说你是个优秀职员呢！"

此后，凡是原一平需要的客户，董事长都介绍给他。原一平也更加兢兢业业地工作，个人业绩连续十五年居全国第一。

换位思考：

也许我们会认为：原一平胆子也太大了！但是，如果没有他的大胆，他会成为业绩连续十五年居日本全国第一的营销高手吗？

成长感悟：

相信自己，只要你是正确的，一定要坚持走下去！

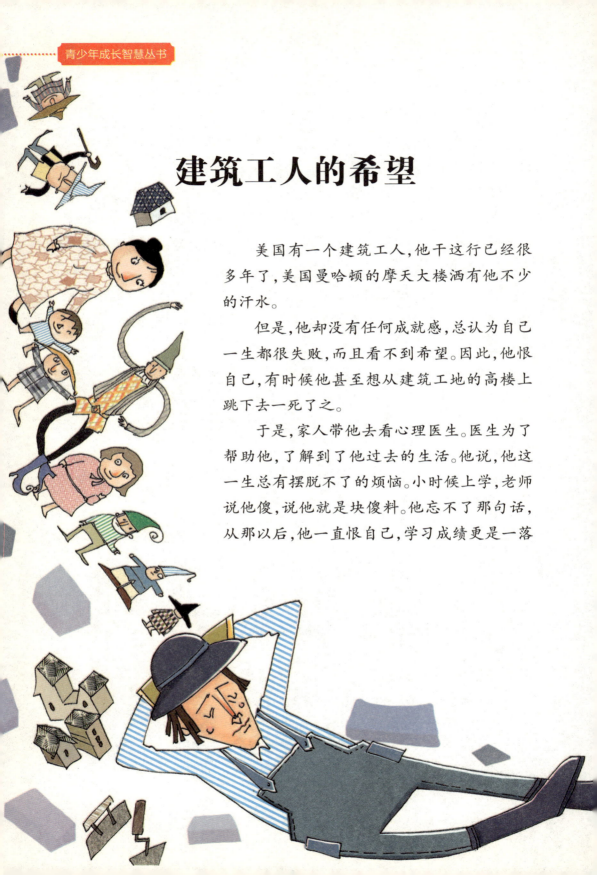

建筑工人的希望

　　美国有一个建筑工人，他干这行已经很多年了，美国曼哈顿的摩天大楼洒有他不少的汗水。

　　但是，他却没有任何成就感，总认为自己一生都很失败，而且看不到希望。因此，他恨自己，有时候他甚至想从建筑工地的高楼上跳下去一死了之。

　　于是，家人带他去看心理医生。医生为了帮助他，了解到了他过去的生活。他说，他这一生总有摆脱不了的烦恼。小时候上学，老师说他傻，说他就是块傻料。他忘不了那句话，从那以后，他一直恨自己，学习成绩更是一落千丈,好几门功课都不及格,最后终于逃学了。从此,他认为自己就是失败者。

"你应该这样对待自己,"医生说,"你是失败过,但是你为什么就不能有失败呢? 每个人都会有失败,但你应该看到成功,摆脱过去,看一看自己已经取得的成绩。这些年来,你工作稳定,也结了婚,有了五个孩子,五个孩子都快长大成人了,女儿又上了大学,你用自己的辛勤劳动支持他们,看到他们成长。你想,这些不是成功又是什么呢? "

他的脸上掠过一丝微笑:"我从来没有这么想过。"

"别再对这些失败耿耿于怀了。"这位医生说,"你已经成功了,想想这些成功吧。这样,你就会知道什么叫享受,你就会笑得更多。"

换位思考:

　　这个建筑工人以前一直活在失败的阴影里走不出来,是什么影响了他? 当你面对失败的时候,是不是也似建筑工人那样不能自拔呢?

成长感悟:

　　人的一生难免会遭遇挫折和失败,重要的是如何正确地看待自己,不受曾经的失败影响,振奋精神,笑对人生。

阿尔法的好日子

五年前，斯蒂芬·阿尔法经营的是小本农具买卖。他的房子很小，也没有钱买想要的东西。

但是今天，一切都有了极大的变化。阿尔法有了一所占地两英亩的漂亮新家。

明年夏天，他们全家都将去欧洲度假，阿尔法过上了理想的生活。阿尔法说，这一切的发生，是因为他利用了信念的力量。五年前，他听说在底特律有一份经营农具的工作，他决定试试。他到达底特律的时间是星期天的早晨，但公司与他面谈还得等到星期一。晚饭后，他坐在旅馆里静思默想，突然觉得很沮丧，这么多年，他碌碌无为，他觉得自己是个失败者。

阿尔法取了一张旅馆的信笺，写下几个他非常熟悉的、在近几年内远远超过他的

其他朋友的名字。

阿尔法把自己的智力与他们作了比较，觉得他们并不比自己更聪明；而他们所受的教育也并不拥有任何优势。

终于，阿尔法想到了另一个因素——主动性，这几个朋友在这点上胜他一筹。

他第一次发现了自己的弱点。他深深地挖掘自己，发现自己缺少主动性是因为在内心深处缺少自信，看不见自己的优点。

阿尔法坐着度过了残夜，回忆着过去的一切。从他记事起，阿尔法便缺乏自信心，他发现过去的自己总是在自寻烦恼，自己总对自己说：不行，不行，不行！

终于阿尔法明白了：如果自己都不信任自己，那么将没有人信任你！

第二天上午，阿尔法保持着那种自信心。他暗暗把这次与公司的面谈作为对自己自信心的第一次考验。

阿尔法达到了目的，他获得了成功。

换位思考：

现实中，许多人说："我相信自己，我是最棒的！"当我们在喊这些口号时，我们是否真的相信自己？我们会不会一出门或遇到一点困难，就忘掉刚才所喊的这句话呢？

成长感悟：

很多人缺少的不是运气，而是自信，请记住：自信本身就是一种优势，有了积极的心态就容易成功。

互动思考

1. 莎莎的衣服真的很"老土"吗?

2. 电脑有病毒,人生也有"病毒"吗?那怎么才能删掉人生的"病毒"呢?

3. 大师为什么把自己的画给撕了呢?

4. 一直很自卑的小男孩在哪里找到了自信呢?

5. 查德威尔为什么没能顺利达到彼岸呢?她还有多久能够到达?

6. 第一次比赛,长跑运动员为什么能轻轻松松跑了第一呢?后来他为什么成绩一次比一次差呢?

7. 在你看来,原一平的火暴性格好还是不好呢?

　　俗话说得好："好的开始，是成功的一半。"如果一开始都没有信心，那么就意味你已经失败了一半。大千世界，有各种各样的树，只有珍稀树种才备受青睐。如果找不到自己的优点，就不会被重视。给心灵洒点阳光，让自信成为习惯吧，小心修剪每一个不自信的旁枝侧桠，某一天我们会蓦然发现，自己已经长成参天大树。

GO

信心能创造奇迹

在宋代，有一段时间战争频发，国患不断。有一位大将军叫李卫，带领人马杀赴疆场，不料自己的军队势单力薄，寡不敌众，被困在一个小山顶上，即将被敌军吞没。就在士气大减、准备缴械投降的时候，将军李卫站在大家的面前说："士兵们，看样子我们的实力是不如人家了，可我的确一直都相信天意，老天让我们赢，我们就一定能赢。我这里有九枚铜钱，我把它们撒在地上，向苍天祈求保佑我们冲出重围。如果都是正面的，一定是老天

保佑我们;如果不全是正面,那肯定是老天告诉我们不会突出重围了。那样,我们就投降吧!"

此时,所有士兵都闭上了眼睛,跪在地上,祈求苍天保佑。这时李卫摇晃着铜钱,一把撒向空中,落在了地上。开始士兵们都不敢看,谁会相信九枚铜钱都是正面呢? 可突然一声尖叫打破了沉寂:"快看,都是正面!"大家都睁开眼睛往地上看,果真都是正面。于是他们鼓起勇气,奋力拼杀。

就这样,一小股人马竟然奇迹般地战胜了强大的敌人。后来,将士们谈起铜钱的事情时说:"如果那天没有上天的保佑,我们就没有办法出来了!"

这时候,李卫从口袋里掏出了那九枚铜钱,大家竟惊奇地发现,这些铜钱的两面都是正面!

换位思考:

铜钱落到地面,竟然全是正面,士兵们也都冲出了重围。想想:真的是苍天有眼保佑军队冲出重围的吗?

成长感悟:

信心是人类生活的一项重要的价值,有信心之处,生命就生生不息!

给心灵洒点阳光

　　这是发生在美国的故事：一位叫亨利的青年，三十多岁了仍一事无成，他整天在唉声叹气中度日，觉得自己一无所长，只能荒度人生。

　　一天，他的一位好友拿着一本杂志找到他，认真地告诉他："这本杂志说，拿破仑有一个私生子流落到美国，这个私生子又生了一个儿子，他的特点跟你一模一样：个子很矮，讲的也是一口带法国口音的英语……"亨利半信半疑。但当他拿起那本杂志琢磨半天后，终于相信自己就是拿破仑的孙子。

　　此后，亨利完全改变了对自己的看法。从前，他以自己个子矮小而自卑，如今他欣赏自己的正是这一点："矮个子真好！我爷爷就是靠这个形象指挥千军万马的。"以前，他觉得自己英语讲得不好，而今他以讲带有法国口音的英语而自豪！当遇到困难时，他会认为"在拿破仑的字典里没有'难'字"。就这样，凭着他是拿破仑孙子的信念，他走出心中的阴霾，走进自信的阳光里。他微笑着走出家门，轻松地去寻找工作，无论干什么都全身心地投入，他相信自己能行，因为他是拿破仑的后代。

　　三年后，他成了一家大公司的董

事长。

后来，他请人调查他的身世，才知道他并不是拿破仑的孙子。但他说："现在我是不是拿破仑的孙子已经无关紧要了，重要的是我懂得了一个成功的秘诀：当我相信时，它就会发生。"

亨利的成功，是那本杂志中关于他"身世"的消息，给他阴沉的心灵洒上接纳自己、相信自己，甚至欣赏自己的光亮。在这光亮的指引下，他竭尽全力去参与各项活动，最终取得了成功。

换位思考：

如果亨利没有误认为自己是拿破仑的孙子，结局会是怎样的呢？

成长感悟：

"拿破仑孙子"的身份给了亨利信心，让原以为的缺点都变成了优点，让他更加自信，因而取得了成功。自卑与自信本在一念之间，在于你怎么看自己。

失败的标签

　　在第二十五届世乒赛上，有一个戏剧性情节：男单半决赛中，中国选手容国团战胜自己的队友杨瑞华。此前，杨瑞华则大胜匈牙利老将西多，不是偶然获胜，而是每战必克，被称为西多的"克星"。

　　西多则每每战胜容国团，不是偶胜，而是常胜，两天前的团体赛就赢得很轻松，被称为容国团夺冠的"拦路虎"。最后的冠亚军决赛由容国团对阵西多。第一局，容国团很快就告负了。赛场预测，男单冠军必属西多无疑。可是，最后的结果却相反，容国团成为中国第一个世界冠军。这是为什么？中国队采取了什么战术？

　　在第一局结束后，教练傅其芳退后，队员杨瑞华临时充当教练，指导容国团。杨瑞华时而比比动作，时而侧目西多，眼中充满了火药味。西多见杨瑞华为容

国团面授机宜,觉得浑身不自在,心里直发怵。他双眼直盯杨瑞华,自己的教练讲了什么都未能听进去,一副忧心忡忡的样子。第二局开场后,西多步伐错乱,连连失误,容国团却士气大振,越战越勇。最后,容国团以三比一的比分捧回金杯。

本来稳操胜券的西多惨痛地输了。他输给的不是对手,而是自己。他看到自己的克星杨瑞华对容国团面授机宜,以为自己的弱点被对方抓住了,心中没了底气。可以说,在第二局开场前他就在自己的心里贴上了失败的标签,在那时他在心理上就已经输了。

换位思考:

在人生的道路上,何不为自己的理想贴上胜利的标签,收获金色的太阳呢?

成长感悟:

树立必胜信心,让光明引导进取,往往"不行也行";丧失必胜信念,使暗淡笼罩心情,只能"行也不行"。

被上帝咬过的苹果

有一个从小就双目失明的人,懂事后为自己的缺陷而深深烦恼,认定这是老天在责罚他,感到自己一辈子都完了。亲友、社会都来关怀他,照顾他,但他不愿在被怜悯中度过一生。后来一位老师对他说:"世上每个人都是被上帝咬过一口的苹果,都是有缺陷的,有的人缺陷比较大,因为上帝特别喜欢他的芬芳。当然这个缺陷只能是生理上的,不能是道德上的。"

他很受鼓舞,从此把失明看做是上帝的特殊钟爱,开始振作起来。他找到一位推拿师学习推拿。

若干年后,他成为了一名受人尊重的盲人推拿师。

你也许不相信，很多受人尊敬的名人也有生理缺陷。先秦的韩非，作过许多脍炙人口的文章，但他却是一个口齿不清的人。但他却丝毫没受此影响，奋发努力，照样成为了一个受人尊重的人。

换位思考：

你怎样看待自己的缺陷呢？

成长感悟：

自身有缺陷并不可怕，看你怎样对待罢了。有的人在缺陷中自怨自艾，自暴自弃，最后一事无成；而有的人把缺陷当成是上天对自己的特殊钟爱，奋发向上，终成大器。

上帝不敢辜负信念

十五世纪中叶的一个夏天,航海家哥伦布从海地岛海域向西班牙胜利返航。但船队刚离开海地岛不久,天气就骤然变得十分恶劣了。巨大的风暴从远方的海上向船队扑来。这是哥伦布航海史上遭遇的最大一次风暴,有几艘船已经被排浪打翻了,只一闪,便沉入了大海的深渊。船长悲壮地告诉哥伦布说:"我们将永远不能踏上陆地了。"

哥伦布知道,或许就要船毁人亡了,他叹口气对船长说:"我们可以消失,但资料却一定要留给人类。"哥伦布钻进船舱,在上下颠簸的船舱里,迅速把最为珍贵的资料缩写在几页纸上,卷好,塞进一个玻璃瓶里并加以密封后,将玻璃瓶抛进了波涛汹涌的茫茫大海。

"有一天,这些资料一定会漂到西班牙的海滩上!"哥伦布自信而肯定地说。

"绝不可能!"船长说,"它可能会葬身鱼腹,也可能被海浪击碎,或许会深埋沙底,但它绝不可能被冲到西班牙海滩上去!"

哥伦布自信地说:"或许是一年两

年，也许是几个世纪，但它一定会漂到西班牙去，这是我的信念。上帝可以辜负生命，却绝不会辜负生命坚持的信念。"

幸运的是，哥伦布和他的大部分船只在这次空前的海上风暴中死里逃生了。回到西班牙后，哥伦布和船长都不停地派人在海滩上寻找那个漂流瓶，但直到哥伦布离开这个世界时，那个漂流瓶也没有找到。

1856年，大海终于把那个漂流瓶冲到了西班牙的比斯开湾，而此时，距哥伦布遭遇的那场海上风暴已经过去了三个多世纪。上帝不会辜负生命的信念，上帝没有辜负哥伦布的信念。

换位思考：

虽然过去了三个多世纪，上帝却没有辜负哥伦布的信念。上帝会辜负你的信念吗？

成长感悟：

生死的考验，都不能消除哥伦布坚定的信心：上帝可以辜负生命，却绝不会辜负生命坚持的信念！

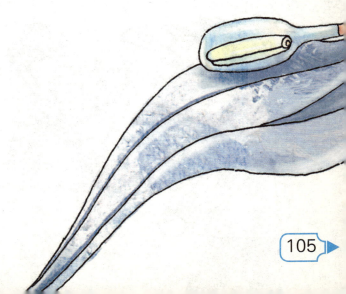

久违的微笑

一个名叫维克多·弗兰克的精神病博士曾经在纳粹集中营中被关押了很多日子，饱受纳粹分子的凌辱。

弗兰克曾经绝望过，这里只有屠杀和血腥，没有人性，没有尊严。那些持枪的人，都是野兽，可以不眨眼地屠杀一位母亲、儿童或者老人。

他时刻生活在恐惧中，这种死亡的恐惧让他感觉到一种巨大的精神压力，集中营里每天都有因此而发疯的人。弗兰克知道，如果不控制好自己的情绪，他难以逃脱精神失常的厄运。

有一次，弗兰克随着长长的队伍到集中营的工地上去劳动。一路上，他不停地胡思乱想：晚上能不能活着回来？能否吃上晚餐？鞋带断了，能不能找到一根新的？这些想法让他感到厌倦和不安。于是，他强迫自己不再想那些倒霉的事，而是刻意幻想自己正走在前去演讲的路上，来到一间宽敞明亮的教室，精神饱满地发表演讲。他的脸上慢慢

浮出了笑容。

弗兰克发现，这是久违的笑容，它很久没有出现过了。当知道自己也会笑的时候，弗兰克预感到，他不会死在集中营里，他会活着走出这个魔窟。

多年后被从集中营释放出来时，弗兰克显得精神很好。他的朋友都感到万分惊讶，一个人在魔窟里还能保持这样的快乐。

是弗兰克的微笑拯救了他。

换位思考：

要活得精彩，就需要有宽广的心胸、百折不挠的意志、充分的自信和化解痛苦的智慧。

成长感悟：

从某种意义上说，人不是活在物质里，而是活在自己的精神里。如果精神垮掉了，没有人救得了你。

让自信成为习惯

他把全部财产投资在一种小型制造业上，而由于世界大战爆发，他无法取得工厂所需要的原料，因此只好宣布破产。于是，他离开妻子儿女，成为一名流浪汉。他对于这些损失无法忘怀，而且越来越难过，后来甚至想要跳湖自杀。

一个偶然的机会，他看到了一本名为《自信心》的书，这本书给他带来了勇气和希望。

他找到作者，讲完了他的故事，那位作者却对他说："我已经以极大的兴趣听完了你的故事，也希望我能对你有所帮助，但事实上，我却无能为力。"

他的脸立刻变得苍白，喃喃地说道："这下子完蛋了。"

作者停了几秒钟，说道："虽然我没办法帮助你，但我可以介绍你去见一个人，他可以协助你东山再起。"听到这句话，流浪汉立刻跳了起来，说："看在老天爷的分上，请带我去见这个人。"

作者把他带到一面高大的镜子面前，指着镜子说："在这世界上，只有这个人能够使你东山再起。除非你彻底认识这个人，否则，你只能跳到密歇根湖里。因为在你对这个人作充分的认识之前，对于你自己或这个世界来说，你都将是个没有任何价值的废物。"

他朝着镜子向前走几步，摸摸他长满胡须的脸，看着自己佝偻的身体，然后退几步，低下头，开始哭泣起来。

几天后，那个作者碰到了这个人，几乎认不出来了。只见他的步伐轻快有力，头抬得高高的，看起来精神焕发。

"那天，我对着镜子找到了自信。现在我找到了一份年薪三千美元的工作，老板还先预支一部分钱给我。"

他还风趣地对作者说："我正要前去告诉你，将来有一天，我还要去拜访你一次。我将带一张支票，签好字，由你填上数字。因为是你介绍我认识了自己。"

换位思考：

如果你对自己都没有信心，自己都不相信自己，久而久之，连走路都不敢抬头挺胸，遇事也不敢发言，那你哪里还有自信可言？哪里还有成功可言呢？

成长感悟：

让自信成为习惯，首先要充分认识自己。

最优秀和最聪明的

1960年，美国某大学的罗森塔尔博士，在加州一所学校做过一个著名的实验。新学年开始时，罗森塔尔博士让校长把三位教师叫进办公室，对他们说："根据你们过去的教学表现，你们是本校最优秀的老师。因此，我们特意挑选了一百名全校最聪明的学生组成三个班，让你们教。这些学生的智商比其他学生都高，希望你们能让他们取得更好的成绩。"

三位老师都高兴地表示一定尽力，校长又叮嘱他们："对待这些孩子，要像平时一样，不要让孩子、家长知道他们是特意挑选出来的。"老师们都答应了。

一年之后，这三个班学生的成绩果然排在整个地区的前列。这时，校长告诉了老师们真相，这些学生并不是特意选出的最优秀的学生，只不过是随机抽调出的最普通的学生。老师们没想到会是这样，都认为自己的教学水平确实高，这时校长又告诉他们另一个真相，那就是他们也不是特意挑选出的全校最优秀的教师，也不过是随机抽调的普通老师罢了。

这个结果正是罗森塔尔博士所料到的，这三位老师都认为自己是最优秀的，并且学生又都是高智商的，因此对工作充满了信心，工作时自然非常卖力，结果当然是好的。

换位思考：

暗示的力量是巨大的，当你接受挑战之前，不妨轻声对自己说："我是最棒的、最聪明的！"你这样对自己说过吗？

成长感悟：

每天给自己一种暗示，每天给自己一份自信，每天让自己拥有无穷的力量。在做任何事以前，如果能够充分肯定自我，就等于已经成功了一半。

最优秀的人是你自己

　　古希腊大哲学家苏格拉底在临终前有一个深深的遗憾:他多年的得力助手居然在半年多的时间内没能给他寻找到一位最优秀的弟子。

　　风烛残年之际,苏格拉底知道自己已时日不多,就想考验和点化一下助手。他把助手叫到床前:"我的蜡烛所剩不多了,得找另一根蜡烛接着点下去,你明白我的意思吗?"

　　"明白,"助手马上就心领神会,"您的思想光辉是需要很好地传承下去……"

　　苏格拉底说:"我需要一位最优秀的继承者,他不但要有相当的智慧,还必须有充分的信心和非凡的勇气……"

　　"好的,"助手很温顺、很用心地说,"我一定会尽力去寻找,以不辜负您对我的栽培和信任。"

　　助手不辞辛劳地通过各种渠道四处物色,可对于他领来的人,苏格拉底都表示不满意。当那位助手再次无功而返时,

苏格拉底爱惜地抚着那位助手的肩膀说："真是辛苦你了，不过，你找来那些人，其实都不如你。"

"我一定加倍努力，"助手立刻言辞恳切地说，"就是找遍五湖四海，我也要把最优秀的人挖掘出来。"

半年之后，就在苏格拉底弥留之际，助手非常惭愧，泪流满面地坐在老师床边，语气沉重地说："我真对不起您，令您失望了。"

"失望的是我，对不起的却是你自己，"停顿了很久，苏格拉底不无哀怨地说，"本来最优秀的就是你自己，只是你不敢相信自己，才把自己给忽略、耽误了……其实，每个人都是最优秀的，差别在于如何认识自己，如何发掘自己和重用自己……"一代哲人忍不住地掩面叹息。不多久，他便永远地离开了自己曾经深切关注着的这个世界。

换位思考：

自信是担当大任的第一要件，没有自信，便没有成功。你相信自己吗？

成长感悟：

一个人只要有足够的自信与执著，他终能成为他希望成为的人。当你满怀信心地对自己说："终有一天，我会成功。"那么人生收获的季节就离你已不再遥远了。

别把困难在想象中放大

琼斯在大学毕业后如愿考入了当地的《明星报》任记者。这天,他的上司交给他一个任务:采访大法官布兰代斯。

第一次接到重要任务,琼斯不是欣喜若狂,而是愁眉苦脸。他想:自己任职的报纸又不是当地的一流大报,自己也只是一名刚刚出道、名不见经传的小记者,大法官布兰代斯怎么会接受他的采访呢? 同事史蒂芬获悉他的苦恼后,拍拍他的肩膀,说:"我很理解你,让我来打个比方——这就好比躲在阴暗的房子里,然后想象外面的阳光多么的炽烈。其实,最简单有效的办法就是自信地往外跨出第一步。"

史蒂芬拿起琼斯桌上的电话,查询布兰代斯的办公室电话。很快,他与大法官的秘书联系上了。接下来,史蒂芬直截了当地说出了他的

要求："我是《明星报》新闻部的记者琼斯，我奉命采访法官，不知他今天能否接见我呢？"旁边的琼斯吓了一跳。

史蒂芬一边接电话，一边不忘抽空向目瞪口呆的琼斯扮个鬼脸。接着，琼斯听到了他的答话："谢谢你，明天中午一点十五分，我会准时到的。"

"瞧，自信点，直接向人说出你的想法，不就管用了吗？"史蒂芬向琼斯扬扬话筒，"明天中午一点十五分，你的约会定好了。"一直在旁边看着整个过程的琼斯面色放缓，似有所悟。

多年以后，昔日羞怯的琼斯已成为《明星报》的首席记者。回顾此事，他仍觉得刻骨铭心："从那时起，我学会了单刀直入的办法，这种方式虽不易，但很有用。而且，第一次克服了心中的畏怯，下一次就容易多了。"

换位思考：

当初的琼斯因为自己刚出道，所任职的报社知名度又不高，连上司交的第一个任务都没有信心完成。多年以后的他却成长为首席记者，是什么促使他走上成功之路的呢？

成长感悟：

有时困难在想象中会被放大一百倍，事实上，只要你自信地走出了第一步，就会发现那些麻烦与困难有时只是自己吓自己。

韦尔奇自信的秘诀

　　杰克·韦尔奇是美国通用电气公司前首席执行官，他被誉为"全球第一CEO"。可是你知道吗？韦尔奇小时候说话总是结结巴巴，常常被人取笑。韦尔奇的母亲知道儿子患有这种毛病，便想办法去帮他克服。

　　一天，母亲对小韦尔奇说："孩子，你是因为太聪明了，所以才会这样。你要知道，没有任何一个人的舌头，可以跟上你的聪明脑袋，因为它实在是太聪明了。"小韦尔奇听了，明白了母亲的用意，从此，他不再为自己口吃而感到难过，反而更加努力地学习各种知识。

在韦尔奇读小学的时候,他把想报名参加学校篮球队的事情告诉了母亲。母亲鼓励韦尔奇说:"想做便去做,我相信,你一定会成功的!"听了母亲的话,韦尔奇便高兴地去参加了篮球队。虽然当时他的个头只有别人的四分之三,但是充满自信的韦尔奇却从没在意过这件事情。一直到几十年后,在一次翻阅旧照片的时候,他才发现自己当时比其他队员矮了很多。

青少年时期的经历,使得韦尔奇有了后来的成就。当他回忆起那段时光时,说:"我们所经历的一切都会成为我们信心建立的基石。"当然,在韦尔奇一生中,他的母亲更是他的支柱和良师益友。她曾经告诉韦尔奇这样一句话:"人生是一次没有终点的奋斗历程,你要充满自信,但无需对成败过于在意。"

换位思考:

韦尔奇从小口吃,可是他并没有因此而变消极。想一想,你如果也有类似的烦恼,那现在应该是自信地积极去面对,还是从此消极地把它隐藏起来?

成长感悟:

正是有了母亲的鼓励与关心,韦尔奇才懂得充满自信的重要,同时他也明白了,成败只是人生的一段历程,无需过于在意,豁达自然才会开心快乐。

新"王婆卖瓜"

在一个小小的马路菜场边,有许多人在那里卖西瓜。

其中有三个西瓜贩子是好朋友,他们一起从乡下出来,夏天就靠卖西瓜赚点小钱养家糊口。他们的西瓜都是在一个地方去采购的,三个人的摊位也是挨着的。每天早上,三人相约一起出门去水果批发市场采购西瓜,又一起在马路菜场边摆好摊位。

天气越来越热了,西瓜生意逐渐好起来,但是来这里卖西瓜的人也越来越多了。看到这种情况,三个人都非常着急,心里暗暗盘算着,怎样才能让自己的瓜"脱颖而出"卖个好价钱呢?

第一个卖瓜人成天坐在摊位前,连吃饭的时间都不舍得耽误,生怕漏掉了一个前来买瓜的客人。但是,他的瓜销售量日下,不管他怎么着急,都不见好转。

包甜
否则
退款

第二个卖瓜的人别出心裁，在自家摊位前放了个木牌子，上面写着："包甜否则退款。"他的价格也比其他瓜贩卖得贵。结果他的生意特别好，到他摊位来买瓜的人非常多。尽管很多人发现这些瓜并没有比其他瓜贩子的瓜甜，但是他们还是"义无反顾"地继续买他的西瓜。每天到这个摊位前买瓜的人络绎不绝。

第三个人看到了，很是羡慕，也想在摊位前放个木牌。但是他不愿写"包甜，否则退款"的字。他想：万一瓜要是不甜，人家来退款，不是亏了吗？于是他在自家摊位的木牌上写道："西瓜我也不知道甜不甜"。

结果那天，他的摊位上一个来买瓜的人都没有。就是去了的人一看到木牌上的字，也都扭头走了。

换位思考：

同样是摊位前的木牌，为什么第三个人的瓜就卖不出去呢？其实道理很简单，他自己的瓜他自己都不敢肯定，别人怎么会肯定呢？而第一个"自卖自夸"的卖瓜人却用肯定的方式使自己变得自信，并感染了买瓜的人。

成长感悟：

我们对待生活往往有两种截然不同的态度，积极或消极，于是就有肯定自己和否定自己的现象发生。如果你想拥有自信，那么从现在开始，你就要肯定自己，这样还会给你带来意想不到的好处。

跟着感觉走

　　一个假期,单位安排最近长期连续加班的他出境度假,他选择了到泰国山区的游览胜地,希望山区清新的空气能洗去他多日的疲劳。

　　下午两点到达目的地,安顿好住宿后,看着外面青翠的山峦,他迫不及待地走出了旅馆,顺着林间小道向前走。山苍苍,林茫茫,天蓝蓝,草青青。一轮边缘清晰得像用刀切割过的红日,悬挂在山顶上方。他一路欣赏着山区旖旎的自然风光,不知不觉已经是下午四点,该往回走了。面前出现岔道,究竟该走哪一条,他猛然收住脚步:糟糕,迷路了!

　　正在他惶惑的时候,一条岔道上走来一对满头银发的老年夫妇,他们显得安详、平和。他正考虑向

他们问路,或者干脆跟着他们一块儿走。不知为什么,他忍住了没开口,却仰起头,挺挺胸,脸上扮出若无其事的样子,转身就踏上归途。

一路上,他努力在大脑的记忆库里搜索每一个模糊的信息,睁大眼睛辨认岔路口每一个似是而非的标记,不时还用眼角瞟一眼离他十多米远的那对老年夫妇——他们不即不离、不紧不慢地走在他身后。

他更自信了:没错,就是这条道! 于是,他走得更加从容、沉着而潇洒!

夕阳西沉,暮色苍茫。终于看到了旅馆高高的红屋顶,他长长地舒了一口气。晚上,坐在流淌着蜜也似的灯光的小酒吧里,他享受着正确抉择后的惬意。

换位思考:

在现实生活中,我们也常常会面临这样的困境,我们必须凭借自身的才能去探索,去寻觅。如果你置身于无边无际的沙漠之中,孤身一人该如何走出绝境呢?

成长感悟:

只有对自己充满信心的人,才不会被暂时的困难吓倒,只有坚持自信的人才能走出困境,成为生活的强者。

爸爸还可以微笑

饰演《超人》的美国明星克里斯托夫·里夫，在一次马术比赛中从赛马上摔下来，造成第二颈椎骨折脱位，伤及脊髓神经，导致四肢瘫痪。从急救期恢复过来后，他清楚地说出的第一句话是："让我早日解脱吧！"

他太太说："无论你作任何决定，我都会支持你，因为这是你的人生，你得替你自己作决定。但是我要你知道，不论发生什么事，我永远都会陪在你身边。最重要的是，你依然是你，而我爱你。"太太的一席话，唤醒了他的求生意愿。

有一次他的儿子来探望他，天真地问："妈妈，爸爸的手臂以后都不能动了吗？"

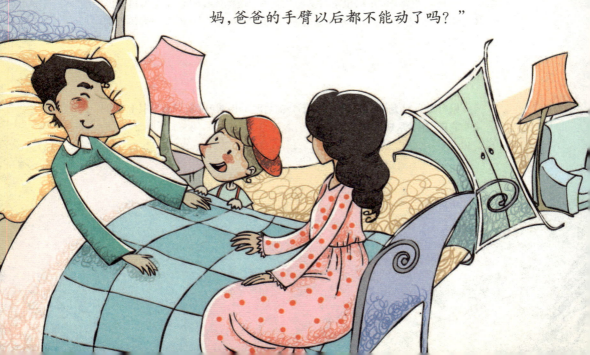

"是的！"

"爸爸也不能跑了？"

"是，不能跑了！"

儿子皱着眉头想了一想后，快乐地说："但是爸爸还能微笑！"

在场所有的大人都怔住了，相互望着。

里夫悟到，整天自怨自艾想着从此再也不能骑马、冲浪、陪儿子打球，只能徒增伤悲。不如从现在起和康复医疗团队努力配合，看看自己还能做什么。

经过辛苦的训练之后，他可以坐在轮椅上，利用吹吸摇杆控制轮椅，同时，还具备了一些行动能力。

最终，他坐在自动轮椅上，还导演了一部电影，并写了生平第一本著作《依然是我》。后来，他还当上了美国瘫痪协会理事长，到处演讲，为残障者现在与未来的福利而努力着。

换位思考：

身处困境，已经决定放弃人生的里夫，在儿子天真的一句话语中找到了自信，并让自己的人生继续大放异彩。我们是也要学习他的坚强。

成长感悟：

没有绝对残缺的人，就没有绝对陷入绝境的人生！记住，只要你还会微笑，那么，你的人生也会继续微笑！

互动思考

1. 铜钱带了神的旨意吗？为什么本来要落败的一小队人马最后却逃出了重围？

2. 整天唉声叹气的亨利，真的是拿破仑的孙子吗？为什么他后来居然成了大公司的董事长呢？

3. 本来稳操胜券的西多为什么输给了容国团呢？他把失败的标签贴在了哪里呢？

4. 你是被上帝咬过的那个苹果吗？

5. 哥伦布为什么那么相信自己的信念呢？上帝辜负他了吗？

6. 助手费尽心力，找到了苏格拉底需要的人了吗？谁最优秀呢？

7. 里夫是哪儿来的勇气，让自己笑对人生的呢？